揭魅

THE UNREVEALED

故

點子出版
IDEA PUBLICATION

序

這本書經歷了一段漫長的過程才得以誕生。

最初，我只在 IG 上載一些讓人心寒的短篇故事和揭尾故。隨著讀者的觸覺愈來愈敏銳，我也累積了足夠經驗，於是決定推出一本值得反覆翻閱的實體書。

這算是我寫作生涯中一個重要的嘗試——第一次出版個人短篇故事合集。

本作大部分故事的靈感，來自日常生活中那些「不日常」的事。這些事情包括生活上的微小細節、近期流行的新產品、某節日的慶祝儀式，以及網絡上的都市傳說等等。

有時候，一句無意間聽到的對話、一個看似不值得注意的冷知識，都足以讓我的腦袋瘋狂運轉，構思出一個個千奇百怪的故事。

當你讀到書中某些情節時，或許會覺得荒誕離奇，認為那些事不可能發生在現實世界。然而，偶爾出現在新聞報道上的案件，不也是反常和古怪，你以為絕無可能發生嗎？

我想呈現的，正正就是這種既日常，又不日常的面貌，作為一個溫馨提示：**危險近在咫尺**。

在這個世界中，最可愛卻也最危險的存在，比起妖魔鬼怪，我更傾向認為是人類。人類是一種非常有趣的生物，我們同時擁有善良與邪惡、光明與黑暗、快樂與悲哀等多種矛盾的特質。

我們擁有的每一面，都閃爍著不同光芒。黑暗固然讓人恐懼，但光明有時也令人感到壓迫。當這種「光明」變得極端時，也有機會投入黑暗的懷抱。

這些故事試圖捕捉人性的矛盾與多樣性。當某些特質、情感和慾望交織時，人們的行為往往超乎想像。尤其在內心陰暗面的驅使之下，你永遠無法預測人們會做出甚麼，或者說出甚麼樣的話。

人性複雜的黑暗面——這本書一如既往，延續我以往不少作品的風格，集中於探討人性。

順帶一提，書中有不少故事的敘述者用了「我」作為視角，但這並不代表我本人。畢竟裡面有很多殺人或被殺的情節，我只是以作者的身份，為大家說說故事而已。請不要把這當成認罪的自白書（這並非「此地無銀」啦）。

每個故事的題材和篇幅不一，但都充滿反轉和驚喜，希望可以為你們帶來無窮樂趣。

對我而言，最大的樂趣不僅在於故事本身，或揭曉答案的那一刻，更在於猜測謎底的過程。當你翻頁時，漸漸感受到悄悄蔓延的寒意，覺得愈想愈不對勁。

我喜歡設計反轉，因為它讓我們重新審視故事的全貌，甚至讓我們重新思考人性。每一次反轉，都代表一種顛覆、一個挑戰。

在真相大白後，你可能莞爾一笑，也可能無法釋懷。真相並不總是令人愉快，更帶來不安和恐懼。這股寒意會由腳尖往身上攀附，害你背脊發涼。恭喜你，這個時候，你便可以省下一筆冷氣費了。

我在構思故事的謎面時，很多時候已經想好了幾個版本的謎底。在此特別提醒大家，每個故事可能有多種解讀，而這本書選擇了最具說服力或最有趣的一個作為「官方結論」。

然而，這並不意味著它是唯一的正解。有些故事背後的真相，甚至比我寫的更讓人不寒而慄。

我想，這正是這部作品，也是人生最有趣的地方——真相，不一定只有一個，它取決於你的角度與思考。只要你換個視角，就可以發現一些別人看不到的模樣。

讀到這裡，你應該大致明白，為甚麼我會把這部作品命名為《揭魅故》了。書名取自「揭尾故」諧音，意在捧出一個個推理遊戲，讓你憑藉線索參與思考，去組合、重整、還原或發掘事件的全貌。

在你試圖分析謎團，層層抽絲剝繭後，卻又發現在真相背後，還隱藏著更幽暗的深淵。這種感覺，讓人深陷其中，禁不住回頭再看一遍謎面，想抓到哪怕一絲蛛絲馬跡。

這場也許永無止境的冒險，正是本作的核心魅力。

這本書不僅是我的創作，也屬於你的探索。在你享受翻轉書本的過程時，不妨試著去思考，你心目中的真相是甚麼？

不過嘛，別怪我沒有事先提醒你：也許，某些謎題的答案，**本不應被揭開的。**

橘子綠茶

揭魅

目錄

揭魅故

揭魅

01—08

約在情人節

今日是情人節，我跟他約好晚上七點見面。

我跟他是在三個月前認識的，一週見面兩次，關係十分曖昧，發展為戀人是隨時的事。

我認為懂得烹飪的男生極具吸引力，而他剛巧喜歡下廚，時常煮飯給獨居的自己吃，還拍照給我看。我一直想試試他的手藝，又覺得上他家好像太急進。

直到情人節，他特地告假，說要烹調海陸空情人節大餐給我嚐嚐。我有預感他今晚不只會告假，還會向我告白。

晚上六點四十五分，我提早來到他家按門鈴。他打開門那刻，嚇了我一大跳！

他身上染有血跡，手上還拿了一把刀！

他見到我驚訝的表情，知道我有所誤會，主動解釋道：「我正在殺魚，沒嚇著你吧？」

看來他的廚藝不怎麼樣嘛，弄得滿身狼狽。我暗地偷笑，鬆了口氣隨他入屋。我坐在飯廳等了一陣子，終於等到上菜時間。

見到他擺滿整桌的精緻晚餐，我才明白自己真的誤會了，他的廚藝十分了得。焗龍蝦、心形牛排、烤雞，真是海陸空大餐呢，還附了提拉米蘇作甜品。順帶一提，甜品也是心形的。

飯後，我們並排坐在沙發上，一起看電影和喝紅酒。

我喝了一口酒，嚇得奪門而出。

難題魅解

我為甚麼奪門而出？

揭詭見魅

他明明說殺魚，海陸空大餐裡卻沒有魚，可能一開始正在殺的，不是魚。

我喝紅酒時，嚐到有股怪味道，接連想起牛排也是怪怪的。

讓我漸漸懷疑牛排不是牛肉，紅酒不是酒，於是怕得奪門而出。

那麼，假設他殺的不是魚，會是甚麼呢？我吃的不是牛排，又是甚麼呢？

美福樓住客極度危險

住在美福樓的居民大部分時間都是友善而無害，尤其在白天，他們大多外出，是我可以稍稍放鬆的時光。然而一到了晚上，我就得打醒十二分精神。

他們會變得猙獰又殘忍，要是我一不小心曝露了自己的位置，他們便會立刻追殺我。

當然，他們的危險程度有別，不是個個都有能力或膽量進行獵殺。但就算數他們當中最膽小的，一見到我，還是面目猙獰地喊打喊殺。他們根本就不正常，沒有一絲同情心，個個都是兇惡無比的殺戮者。

在大自然裡，大多野獸為了果腹才捕獵，但美福樓住客不同，他們單純享受虐殺的快感。

上天真的不公平，如果可以選擇，我情願成為住客的一分子。如此一來，我就可以成為異常物種，大開殺戒。

香港變得十分危險，晚上走在大街上更是自殺行為，所以我明知美福樓的住客不好惹，還是硬著頭皮躲了進去。畢竟，室內環境有更多躲匿空間，我沒那麼容易被他們發現。

他們大多體型龐大且氣大無窮，我與他們硬碰硬較量，必死無疑。但也是基於笨重的身軀，他們唯一弱點就是移動速度慢，若果我不幸被發現，我無法殺死他們，只能拔腿就跑。

我長時間躲藏，家中食物早已清空，我再不吃東西便會餓死，無可奈何之下，我等到半夜他們睡著之際，偷偷出來尋找補給。

有一次，我們家中的年老叔叔實在撐不下去，活活餓死了。我陪伴叔叔一整晚，最終還是敵不過意志，將屍體切成幾塊，分給妹妹果腹。

雖然那次活了過來，可惜我仍然難逃魔掌。我被他們發現了沒多久，就遭到殺害。他們已經統治了香港，對於我的死亡，沒有任何一個記者會報道，連我的家人也只能眼睜睜地看著這一切，苟延殘喘。

難題魅解

美福樓住客是甚麼生物？

我明知夜晚危險，明明可以等到白天外出，偏偏要夜晚出去，是因為我是夜行性生物，要在夜晚出沒覓食。

住客是人類，我在他們眼中是討厭的存在，他們殺我不為果腹，是因為把我視為害蟲，我是一隻蟑螂。

揭詭見魅

新婚磨合期

我向來會在社交平台分享美食與食評，亦會教大家烹調食物，追蹤我的粉絲不少，我也算是半個公眾人物。

我的丈夫便是我其中一位粉絲，當我宣布婚訊時，粉絲紛紛留言祝賀，彷彿見證著我的成長和人生大事。大家都覺得，粉絲能夠透過社交平台與偶像見面、相識、相戀和結婚，是多麼夢幻又幸福的事。

不得不説，社交平台是個散播美夢的工場，而在平台下實際發生的事，又是另一個面貌。

我和丈夫的新婚生活，其實並不如大家所見到的幸福美滿。我們幾乎每數天一小吵，每月一大吵。我認為，無論情侶或夫婦，都需要經過磨合期，才學會包容與忍耐。

半年過去，我跟丈夫總算順利捱過了磨合期。磨合期的最後一晚，是我們吵得最激烈，也是最後一次的吵架。吵架後，我們很快和好如初，不，甚至比以前更甜蜜融洽，現在我們天天都在一起了。

他不再嫌棄我煮的湯太鹹，也懂得欣賞我穿的新衣。從前喋喋不休地要我減肥、學化妝，如今也肯全盤接受我所有缺陷了，尤其看我的眼神變得充滿愛意及柔和。

磨合和縫合，雖然相差一個字，效果可是相同呢。

難題魅解

我和丈夫是如何渡過磨合期的？

揭詭見魅

就是利用縫合。

最後一次吵架那天，我出手傷害丈夫，把他的嘴巴縫上，這樣他就無法再出言挑剔我。

除了縫起嘴巴，我還讓他以後無法走出家門。

不吭一聲、一動不動的丈夫，從此眼中只有我，我們能夠天天在一起，過著幸福美滿的婚姻生活。

打敗99%幼稚園生

班主任說幼稚園今年獲得資助，將舉辦台灣教育團作為我們的畢業旅行。

實在太開心了，這次是我第一次出國，打敗了 99% 幼稚園學生。我和同學們都未出發，先興奮呢！

這趟旅程沒有家長陪同，全程由幾位班主任和老師看管秩序，這安排似乎讓家長們感到苦惱和擔憂。

聽說有些家長甚至不讓同學去，認為只得幾位老師根本照顧不了那麼多小孩，不要說帶著我們出遊，連能否順利登上飛機也是大問題。他們還取笑，以老師的能力，說不定未上飛機已經有學生在機場走失了。

至於我的爸媽，他們對我信心十足，認為我有足夠能力和心性，能夠遵循老師的指示，於是同意了讓我參加畢業旅行。

出發的日子來到了，爸媽一早把我送到機場。與老師會合後，媽媽塞了一道平安符給我，叮囑我時時刻刻都要帶著。

我隱約看到媽媽的眼角泛起淚光，爸爸也不止一次檢查我有沒有帶齊證件與衣服，我想，他們其實十分擔心我的。

結果證明家長們的擔心是多餘的，我們六年級沒人在機場走失，全體同學齊齊整整，成功登機，出發去台灣。

雖然在機程中，有不少同學哭哭鬧鬧，讓老師很是頭痛，不過飛機最終還是到達台灣了。

飛機降落在跑道後，老師要我們按照機組人員的指示，逐一離開飛機。我收拾好個人物品，準備跟著前面的同學離開時，卻發現平安符不見了。

難題魅解

家長的擔心是多餘嗎？

如果家長的擔心是針對老師的能力，的確是多餘的，老師有照顧好同學。

如果擔心是針對整趟旅程，則不是多餘的，我們的確出事了，卻不是老師的責任。

同學在機程中哭鬧，是由於飛機發生意外。好不容易到達台灣，飛機墜落在跑道上，卻不是正常降落。因為如果是正常著陸，機組人員不會逐一指示乘客離開飛機。

平安符保護著持有者的生命，一般而言，有著替持有者擋煞的象徵。故事中的平安符替我擋了死劫，完成任務，所以消失了。

揭詭見魅

鄰居，請將音量收細！

天水圍被人形容為「悲情城市」，我絕不同意，只要大家在我這幢住宅大廈住過，就體會到這裡才是悲情之地。

整幢大廈的問題多多，根本個個住客都精神失常。

光數我住的樓層，住 A 室單位那名大媽最自以為是，晚上不時大聲播歌也罷，每次請她降低音量，她總會把我罵到狗血淋頭，彷彿我才是犯錯的人。

我不是沒有投訴過大媽，但她實在太狡猾了，看準了看更上門檢查的時間。每逢看更踏出升降機當刻，她就會關掉音樂。看更說從來沒聽過有人播歌，還勸誡我別多事。

我懷疑大媽暗地在門口安裝了偷拍鏡頭，否則怎能如此準確地掌握看更的行蹤？

D 室的老伯伯十分骯髒，常常撿垃圾回去，將塑膠袋層層疊到很高。聽說有人會定期探訪他，所以雜物不會囤積很久，很快就會被清理得一乾二淨。

只是苦了那些探訪者，老伯伯根本就視他們為敵人，為了保護那些「寶貝」，對他們不只口頭威脅，還真的動過手。

老伯伯個性偏執，人又粗魯，但只要不碰他的東西，他就不會發瘋，所以問題不算很大。

問題最大的，是住在 H 室那戶人。有個看起來是中學生年紀的男生，表面正正常常，看似整潔有禮。但是，有一晚我經過 H 室門時，瞥見有液體從門縫裡滲出。湊近一看，那是紅色的液體，不是鮮血難道會是顏料嗎！？

實在太恐怖了！我立即叫看更上來查看。結果，當我和看更來到 H 室門外時，地面那灘血液已經被清理了，害我又被看更勸誡別惡作劇。

我才不會無聊到跟看更開玩笑，都怪我先前太害怕，不小心叫了一聲，中學生肯定聽見了，趕在被人發現前毀滅了證據。

我本來以為可以繼續住下去，但自從發現 H 室的鮮血後，真的忍無可忍。雖然我不確定那是否人血，或者是不是謀殺案之類，但安全起見，我不敢再與這裡有所交集了。

我向房屋署提出調遷申請，希望可以盡快搬走。

難題魅解

我在申請表的調遷理由上填了甚麼？房屋署會批准嗎？

揭詭見魅

文中的「**個個住客都精神失常**」，在某程度上是真的。

住在這裡的所有人都沒有例外，我的鄰居有精神問題，連我自己也是。我所住的，並非一般普通屋邨的住宅大廈，而是精神病院。

我患上思覺失調，A 室播歌是我的幻聽；H 室的鮮血也是我的幻覺，這才換來看更對我的多次勸誡。

D 室老伯伯倒是真的患上囤積症，由於對外界有強烈敵意和暴力行為，威脅自身與他人安全，最終被送進精神病院。

至於看更和定期去清理 D 室的探訪者，全部都是醫院的工作人員，包括醫護人員和清潔工。

無論我在「申請表」填了甚麼，房屋署都不會批准，因為這裡不屬他們管轄範圍。

非法霸佔公眾地方

我很喜歡到家附近的後山散步，那裡風景好，空氣清新，環境清幽。在山上，我久不久會碰到鄰居們，與他們閒聊，散步算是我打發時間的日常活動。

不過，近日我發現有人在山坡角落放置了一些亂七八糟的私人物品，包括一些貓碗和糧桶，甚至連貓屋也斗膽放在這裡，實在太討厭了。

有次我散步剛好遇上一位中年女人，她說自己是貓義工。原來東西是她私自放在這裡，用以餵食一些生活在山上的野貓。

出於禮貌，我壓下怒火，沒有點明她的錯處，點點頭就離開。

這種人真奇怪，那麼喜歡養貓，在自己家裡養不就行？為甚麼要非法霸佔公眾地方，還真把這裡當成她家？她究竟知不知道，那些東西又髒又臭，不只惹來蚊蟲，還把其他地方的野貓統統引過來。

怪不得山上漸漸變得嘈雜了，原來是貓義工的「貢獻」。

為了維持這裡衛生，我今晚再次偷偷溜上山。

現在年青人很喜歡打著正面與愛心旗號，去做非法的事，還反過來在網上公審別人。我戴了口罩以免被拍到，爬下山坡，來到那個角落，倒了些老鼠藥，但仍然覺得不解氣，乾脆打翻水盆和貓碗，順便踢爛貓屋。

只要趕走野貓，這裡就能回到像以前一樣乾淨和清幽。

我的腿不好使力，正在踩爛鐵碗之際，一位同樣戴著口罩的男人爬下來，我怕他是貓義工的同黨，頓住動作，質問道：「你誰啊？」

「我是誰，不要緊。」口罩男用行動證明了自己，加入我一起踢翻食水和貓糧，現場混亂不堪。

果然不止我，很多鄰居早已看這裡不順眼。我直言道：「這些野貓對社會毫無貢獻，根本是負累，弄得四周污糟邋遢！」

「你説得沒錯，牠們確實討厭。」口罩男點點頭。

「不就是嘛，只懂得拉屎、拉尿，弄污周圍。」我難得遇到同道中人。

他雙眼掃了現場一遍，又再點頭：「對，牠們早該要死，而不是把這裡當成自家一樣。」

我補充道：「還有，牠們最愛半夜三更跑來跑去，大吵大鬧，對附近居民造成滋擾。」

他沒有接話。

「*啪！*」他突然撿起石頭，一把打向我後腦。

難題魅解

口罩男發甚麼瘋？

貓義工既然懂得跟山上路人打招呼，交代事宜，又將物資放在遠離行人道的角落，表示她是盡責的人，盡量以不影響居民為原則照顧野貓。

作為盡責的貓義工，盡可能捕捉野貓絕育再放回，也會好好處理貓糧和食水，根本不存在我說的「**又髒又臭**」，長遠來說，野貓數量也不會大大增加。

流浪貓對路人不要說攻擊，連騷擾都很少，牠們很少發出噪音。就算半夜在山上跑，也不會對住在山下的居民造成滋擾。

反倒是我，對別人和貓有不滿，不是好好溝通，而是用暴力解決，我才是我口中的可惡。貓反而是山坡的原居民，我憑甚麼認為牠們搶走我的生活空間？

口罩男不斷認同我所說的，是因為他覺得我在形容自己，而不是貓，我才是用正義之名行不義之舉。當然啦，他打我也是不對。他見到我下毒藥，怕流浪貓誤服，才會在一開始打翻水盆和貓糧。

貓貓也是在這個社區生活的一分子，不愛也別傷害！

揭詭見魅

長髮

秀智是與我同期出道的模特兒，她長得清純又秀麗，更擁有烏黑又柔順亮麗的長髮，深受洗髮水和護髮素廣告商青睞。

至於我，雖然臉蛋與身材不俗，可惜髮質不如她，連運氣也很差。所以我的事業不如她順遂，從未接過廣告。當然，我並不是全職模特兒，我有正職的，可以養活自己。

我們感情很好，我並不妒忌她。她能夠實現夢想，並以此為全職職業。後來，她即使嫁人了，仍能在舞台和鏡頭上持續發光發亮。見證她事業與愛情雙豐收，我替她感到高興。

她的個性跟外表同樣美麗，為人大方，讓我剪掉她的長髮，駁在我頭上。神奇的是，她的長髮好像真的蘊含某種幸運力量。我自從駁上長髮之後，居然有人找我擔任洗髮水模特兒。

聽見這個消息，秀智還反過來感謝我，認為我沒有白費她那留了整整三年的長髮。對於失去長髮，她一點都不可惜，她說……

「反正我已經用不著。」

難題魅解

作為洗髮水廣告模特兒，秀智為甚麼剪掉頭髮，說自己用不著？

秀智不僅是與我同期出道的模特兒，還是我的好朋友，我們的感情很好。

秀智雖然擁有一切我夢寐以求的東西，包括理想的職業與愛情，但我對自己也充滿自信，認為自己的條件不錯，**「臉蛋與身材不俗」**，無須跟別人比較。而且看著她過得好，我內心也由衷感到高興。

至於髮質和運氣甚麼的，我的確不如她，然而，這不就證明了她才是適合當模特兒的料嗎？反正我有養活自己的正職，模特兒的夢想便待工餘時間再追求吧。

那麼，秀智突然放棄長髮的原因，便與我無關了。

她得了癌症，需要接受化療。與其因治療而失去寶貴的長髮，她選擇把它送給我。她說**「用不著」**，一來是因為不得已，就算她不剪掉，早晚因治療而失去長髮，二來是意味著她命不久矣。

我知道，有人找我擔任洗髮水模特兒，是秀智在背後搭線。所謂**「蘊含力量」**，並不是來自長髮，而是秀智對我的支持。她放在我身上的，可不只長髮，還有她的期望和祝福。

今後，我會盡我所能保養她留下來的長髮，好好生活下去。但願日後重聚時，能夠再次看到她欣慰的微笑。

揭詭見魅

打電動

自從移民到澳洲，我每天都過得十分悠閒。我的兒女都長大了，個個事業有成，我與丈夫住在這個遠離市中心的郊區，享受著退休生活。

從這裡到市中心很不方便，不像在香港能夠把逛街購物當作消遣活動；鄰居又是外國人，難以約他們一起打麻將；即使在家附近散步，我亦漸漸看膩了風景。

前陣子兒子得知我很無聊，於是寄了一台電子遊戲機給我。原本沒甚麼興趣，殊不知，我玩著玩著，居然像發現新世界似的，讓人可以短暫跳出重複又鬱悶的生活，進入多姿多彩的不同世界。

我沉迷打電動，甚至變得有點成癮，一有空就玩，連丈夫都取笑我走到人生盡頭才找到興趣。哪是盡頭，我們只是六旬老人而已，現在不是很多老人家都活到九十九嗎？

在眾多遊戲類型中，我最喜歡末日喪屍、妖魔鬼怪類，已經到了玩上癮的程度，每天花很多時間浸在遊戲世界裡。

這類恐怖遊戲通常都是單人遊玩模式，我無法找丈夫或鄰居陪我一起玩，日子久了，我偶爾也會感到孤獨。

幸好，遊戲商最近推出一款名為《Until Dawn》的冒險遊戲，我終於可以跟鄰居一起玩了！

難題魅解

《Until Dawn》不是單人遊玩模式的遊戲嗎？

揭詭見魅

《Until Dawn》的確是單人遊玩模式的遊戲，故事講述一班好友被殺人魔追殺。

我活得太久，也太膩，電子遊戲已經滿足不到日益強大的心癮。為了尋求更多刺激感，我成為殺人魔，向住在附近的人下手。

所以我說跟鄰居一起玩，不是與我同時連線打電動，而是要他們成為我現實中的「遊戲」。

反正，正如丈夫說，我們已經走到人生盡頭（我口頭上不肯承認），我殺人就算被抓到，澳洲沒有死刑，最嚴重也不過坐牢。更何況在這種鳥不生蛋的地方，埋個屍也不是難事。

揭魅

09—15

小寶寶

我與他談戀愛不久後，便展開同居生活了。他喚我做「親愛的」，我則喚他做「寶寶」，過著甜蜜與幸福的日子。

他長得俊美，個子又高，而且收入不俗，起初我視他為結婚對象。可是，同居真的不如我想像中簡單，我很快就發現他的缺點。

洗衣服、打掃、煮飯這些大大小小的家務，他全都不會，還真以為自己是小寶寶，把我當成母親般，理所當然地將所有家務推到我的身上。

不，就算真的是母子關係，作為兒子也應該幫忙做家務，我開始受不了他。

今晚，我選擇吞聲忍氣，蹲在浴缸前替他準備熱水浴，反正是最後一次了。

難題魅解

為甚麼是我最後一次替他準備熱水浴？

揭詭見魅

他把生活所有大小事項交給我打理，我自然能夠操控飲食，下藥使他動彈不得，再把他放在煮沸的熱水中，享受最後一次的「熱水浴」。

分手

「我已經不愛你了，我們分手吧。」小堤紅著眼對我說。

小堤說得沒錯，其實我從她的雙眼裡，早已找不出半點愛意或留戀。我一直都知道她想提出分手，奈何我實在捨不得。

每每見她鼓起勇氣準備說出口時，我就軟硬兼施、用盡方法阻止她，讓她換個話題。後來，我乾脆打斷她，然後逕自說個不停，試圖轉移她的注意力。

我盡可能找些無關痛癢的話題，像是某個移民澳洲的香港人變成殺人魔，或是哪架客機在前往台灣途中遭遇意外之類。總之，我不讓她有機會扯回正題，向我提分手。

事實證明，我的方法十分奏效，不是因為她容易心軟，而是她實在太聰明了。她察覺到，就算她提出分手，我無論如何都不會答應，何必自討苦吃呢？於是，她漸漸變得默默無言，眼底的痛苦與日俱增。

這場愛情角力持續了大約半個月，彼此身心俱疲，難以再撐下去，最終我向小堤妥協，沒有再阻止她把話說下去，於是分手便成為我們最後一個話題。

一別兩寬，我們從此各走各路。我沒想過自己可以如此灑脫，分手後，我控制住自己，沒有找過小堤一次，連訊息都沒發過一個。

其實我知道自己在自欺欺人，就算我找她，她都不會再理我，我們不可能再見面了。

三個月後，我交了新的女朋友。小清跟小堤截然不同，是個十分堅強又獨立的女子。

自從認識小清，我才意識到以往的自己有多笨，居然視小堤為終身伴侶，她根本一點都不適合我。

小堤為人沉靜，陰鬱，常常愁眉苦臉；小清多話，好動，我們經常聊天聊到半夜三更。

待在小清身邊，我彷彿受到她感染，很快就忘記小堤帶給我的痛苦，逐漸從被分手的陰影走出來，變成像小清般堅強的人。

小清總是充滿耐心，聽我訴說小堤的事時，從沒打斷我。不過，小清大概是個善妒和多疑的女生，不太喜歡我時常提起其他人。她有時會緊皺眉頭，有時會旁敲側擊，問及小堤的近況，試探我有沒有偷偷約她或追蹤她的社交平台。

可惜，才不過一個月，小清居然向我提出分手，是在一間採光很好的咖啡店裡。

「為甚麼，我待你不好嗎？」我用近乎乞求的語氣問道。

小清搖搖頭：「不，你很好。對不起，是我的問題。」

對於每段感情，我都相當認真和珍惜，我不明白為甚麼我得承受這接連的打擊，一個又一個女朋友都要離開我……

難題魅解

為甚麼人人都要離開我？

揭詭見魅

察覺到小堤不愛我時，我便把她關起來。她眼裡只有懼意，所以我才會「**找不出半點愛意或留戀**」。

我是真心愛著小堤和小清的。

小堤沒再分手的原因，不在於「**心軟**」，我也沒有哀求過她，那麼，她不是「不提分手」，而是「不能提分手」。因為她知道每提一次，就要「**自討苦吃**」一次。

每次她想提分手，我就把她的手手腳腳打斷，威脅她不准説出口，這就是文中「**打斷**」的意思。禁錮期間，在我持續軟「硬」兼施之下，她的身體愈來愈虛弱，奄奄一息，所以才會「**默默無言**」和「**痛苦與日俱增**」。

半個月後，我意識到她的身體無法撐下去，於是讓她提出分手，我便殺死她，分手成為她的遺言。從此她與我「**各走各路**」，是指陰陽路。所以，我清楚知道，我已經永遠失去她，「**她都不會再理我**」了。

會選小清做我下一個女朋友，是因為她夠堅強，不會輕易放棄生命。

有過禁錮小堤的經驗，我認為活潑的小清更適合我。我盤算著，日後若然不幸地要關起小清，當我痛打她時，至少她懂得大叫大哭，而不似小堤，像個死人般默默挨打。

沒想過，小清花了不到一個月的時間，便摸清我的為人。她本性多疑，從我提起小堤的碎片中，感受到我極力隱藏那黑

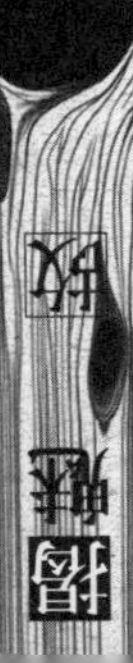

暗的一面，隱約察覺到小堤可能遭遇不測，所以不斷套我的話。

當她愈來愈肯定自己的猜測沒錯，害怕自己可能成為下一個受害者，就馬上向我提分手。她的警戒心很高，為免提出分手會刺激到我、步小堤的後塵，她刻意挑了白天在公眾地方見面，我根本來不及把她關起來。

人口販賣

很少人知道工廈裡的這個單位，其實是人口販賣的交易所。我會知道，是因為我正跟兩名女生被困在這裡的其中一個房間。

這裡共有五間睡房，每間房困住一至三人不等，視乎販賣集團每次行動綁架了多少人，或販子接收多少訂單等等。

我所在的睡房沒有床，連椅子也沒有，人人縮在角落，等待一個又一個買手進來選購。

老闆把所有資源都投放在囚禁的設施上，這裡所有玻璃窗都安裝了鐵枝欄柵，以防有人逃走。不過，就算沒有鐵枝欄柵，大家也不敢嘗試逃走。先前有好幾個女生試過，全部都被捉回來，統統被打斷手腳。

一想到她們的下場，我絕不會破窗逃跑。

丁點陽光從欄柵之間照射入屋，我只敢待在窗邊，感受這份難得的溫暖。

為了滿足不同客人的口味，被抓進來的人形形色色，不同性別、膚色、體型、殘疾程度都有。只能說，社會氣氛愈差，客人的口味愈重和愈古怪。

不過，還是有規律可循。我發現「貨物」的年紀愈輕，愈快被買走，客人似乎傾向選擇孩子。我一直留下來，不曉得算是幸運或不幸，再這樣下去，他們早晚把我處理掉。

我既不想死，又不想困在這裡，更不想被客人帶走，可是我的命運輪不到自己作主。

就在我陷入死局的時候，人口販賣所接了一宗大生意，成功賣掉大部分年輕男生與女生，整個單位變得冷清清。

在這裡工作的人，全部都是老闆的左右手，他們的感情很好，說要慶祝做成大生意，居然北上幾日旅行，撇下這裡不顧，臨行前連半滴水都不留給我！

我更加體會到他們的狠心，對於失去價值的，他們都不屑一顧，任由其自生自滅。

幸好，他們當中出了叛徒。

叛徒把販賣集團的行蹤偷偷告知警察，警察趁這裡無人鎮守，破門而入，搗破販賣集團！

我被困的房間位於整個單位最深入的，警察撞破一間又一間房間，陸續救走所有受害人。

然而，不管我如何拼命大叫求救，他們卻沒過來拯救我！

難題魅解

為甚麼警察不救我？

揭詭見魅

因為我並不是人類，只是一盆植物。

早前一項研究發現，當植物缺水時，能夠藉由空氣中的超音波發出聲音。音量甚至跟人類說話聲相約，只是因為這些頻率很高，超出人類耳朵所能聽到的範圍，人類才聽不見。

他約我猜燈謎

交往了四年的男朋友，說今日是元宵節，約我賞花燈和猜燈謎。

他知道我不喜歡人多的地方，所以沒有約我外出，而是到他的家。

他用心地把住所布置成綵燈會，一個個紅燈籠懸掛在天花板，由大門開始，沿路疏落地掛著，直到客廳的走廊盡頭，總共大約有十數個。

男朋友還煮了湯圓，於晚飯過後跟我一起吃。吃過湯圓，我們開始猜燈謎環節。

他在每個紅燈籠底下都綁了一卷紙條。他站在其中一個紅燈籠下方，把紙條拉下來，笑著邀請道：「親愛的，來猜猜燈謎。」

其實我沒甚麼心情猜燈謎，但見到他燦爛的笑容，我只好嘗試猜了四、五個。看得出這些都是他從網上抄下來的，而且難度不高，我很快就猜中謎底。

今晚的氣氛實在太古怪，完全異於平常。我愈接近客廳走廊的盡頭，心跳愈是劇烈。我有預感，當我拉下最後一卷燈謎紙條時，肯定會有大事發生。

我的心情十分激動，甚至渾身顫抖起來。見狀，跟在我身後的男朋友伸出雙手，輕輕地扶著我，柔聲道：「只差一個燈謎了，別緊張，我陪你一起過去。」

我知道，在這張溫柔的臉龐之下，他其實也同樣感到焦急，才會暗地裡催促我去碰那個燈籠。

當我走到盡頭，拉下最後一張燈謎紙條來看，我馬上大哭起來。

這一題，考的根本不是智力。

難題魅解

為甚麼我馬上大哭？

既然不是考智力，更讓我哭，必定不是一般從網上抓來用的燈謎，而是男朋友自己想出來的。

交往已久的情侶，會哭不外乎幾種原因。

版本一

這是男朋友求婚字語，我感動得馬上哭出來。

我們已經交往了四年，感情十分穩定，對彼此足夠了解、諒解和遷就。所以他清楚我的喜好，知道我既喜歡過節，卻又怕人多，懂得約我到他家，而不是在外面過節，跟路人擠來擠去。

既然時日差不多，又正值元宵節這種浪漫節日，我不多不少也猜到他今日打算做甚麼，或者說，我期待他做甚麼。

把家裡布置成綵燈會和煮湯圓，顯示出男朋友是個十分有儀式感的人，而我也清楚了解這一點。所以，我自然預料到他會藉著紅燈籠，去進行他的計劃。

揭謊見魅

最後一張燈謎紙條上，沒有謎題，更沒有任何文字，只捲著一枚戒指。當我發現它時，就知道自己的預感對了，於是便感動大哭起來。

版本二

男朋友並不是普通人，而是變態連續殺人犯。

他知道我已經察覺到他的秘密，就索性與我打開天窗說亮話。既然是攤牌，自然不能約在外面，於是邀我到他家，方便行事。

當時，我仍處於半信半疑之中，畢竟我們一起了四年，難以想像男朋友會有這黑暗一面。何況，我深信他不會傷害我，所以我不虞有詐，應邀去了他家。

那些紅燈籠也並非普通燈籠，而是一個個用人皮造成的燈籠。每一個燈籠，代表一個受害者。我見到如此震撼的一幕，馬上就意識到，他這是要攤牌。

我自然「**沒甚麼心情猜燈謎**」。但是，感受他微笑下的威脅意味，我不得不遵從他說的去做，乖乖地猜了一個又一個燈謎。

既然是攤牌，那麼，最後一張燈謎紙條作為元宵節的完美句號，加上又不是考智力，那自然就是一張自白書——男朋友承認了自己的罪行。

死人最能保守秘密，燈謎紙條也象徵了我們關係的結束，他向我作最後告別，因為我要帶著秘密，永遠離開他，永遠離開這個人世。

我之所以大哭，不僅因為對他的黑暗面感到驚惶失措，還有對我自己的失望。我高估了他如何看待我和我們的感情，我不該拿自己作賭注。可惜，我來不及跟他道別，只能用眼淚代替遺言。

皺眉

上司的情緒起伏很大，從來不懂得自我反省。每次出狀況，他都把脾氣發在我身上，認為秘書有責任接收上司的情緒垃圾，是我薪金包含的工作內容。

他不會直接把話罵出口，而是對我露出極盡鄙夷的表情，皺著眉瞪向我。用眼神告訴我，整個世界犯的錯、他遇到種種不順心的事情，全都因為我，我得背上所有責任。

「只是皺個眉罷了，小意思啦。」同事每次聽我吐苦水，都如此安慰我。

她說上司喜歡瞪就讓他瞪個夠，覺得這反而是他的優點，總比她的部門主管好得多，因為她的部門主管與我的上司相反。

她在銷售部門工作，每個星期會進行一次部門會議，檢討各同事的業績。部門主管設定的業績目標很高，她與幾位同事常常未能達標交數，受到部門主管責備。

那不是普通提醒幾句，部門主管會當著全公司同事的面，指著她的鼻尖開口就罵，不止會議室內的人，根本是全公司同事都聽得見。

我無奈搖頭：「你面對的是謾罵，我則受到實際損失。每次上司皺眉後沒多久，準沒好事發生在我身上。」

上司試過要我留下來加班到晚上十一點，甚至連公眾假期都不放過我，一早打電話給我，說先前忘記交代，當天是太太生日，叫我訂花送給他的太太。

有次更過分，夜晚命我去機場接外國客人回來公司開會。但客人因事更改飛機班次，那晚根本沒有來，害我白等了幾小時。事後我發現，上司根本早就知道，卻沒有告訴我。

同事聽完，對我深感同情：「這間公司太有問題，如果我找到另一份工作，早就離開！你呢，你為甚麼不轉工？」

同事說的我又豈會不懂？現在市道太差，不是說想轉工就馬上找到適合的工作。我一直都有找工作，但待遇沒有比這裡好。

我在想，會不會給上司說中了？那些工作不用被上司欺負，所以薪金相應地降低。

如果我沒有一家大細要養，倒是可以隨便轉換工作，可惜我不是，這就是我繼續留下來的真正理由。

那麼，既然一直要留下來，我該怎麼應對苛刻上司？

提起這個，我忍住得意的表情，不讓嘴角上揚，只說：「我找到最好的應對方法了。萬一上司又要皺眉，我只要讓他盡情地深深皺眉，久久不放就行了。」

難題魅解

我找到最好應對上司的方法是甚麼？

揭詭見魅

既然他那麼喜歡皺眉，就讓他皺個夠吧。

我計劃在他下一次皺眉時，出手殺死他。他深深皺眉是因為被刀捅太痛，使他的表情永遠維持死前模樣。

我長期在高壓的工作環境下，精神狀況已經深深受到影響，思想變得扭曲。我產生了扭曲的恨意，認為既然我無論如何都要留在這間公司，那麼換個上司就好了。

上司看準我難以轉工，盡情壓榨。

霸道總裁

自小我就喜歡強勢的男人，那些言情小說、日本漫畫和韓劇裡面，形形色色的霸道男主角，都讓我看得欲罷不能。

有天，我遇上命定的他。

就像從電視劇裡走出來的男主角一樣，不僅在海外唸書時是學霸，擁有聰明的頭腦，更有帥氣的臉龐和高佻身材，他具備了大部分霸道男主角的條件。

自從我們成為戀人後，他漸漸露出神經質與強烈控制慾的一面。

他不准我跟男性朋友見面，回覆任何他們的訊息等等也不行。後來連跟女性朋友逛街，或與家人吃飯，他都一一禁止。

他要擁有整個我，他說，他是我的唯一。

實在太幸福了！我從來沒遇過如此深愛我的人。

「我也從來沒遇過如此深愛我的人。」他對關在鐵籠裡的我說。

難題魅解

為甚麼我會如此深愛他？

揭詭見魅

我本來已經是個容易受操控的女生，而他好比是我的經紀，他對女朋友的控制慾已經到達病態的程度。

當我遭受他禁錮後，不但沒逃走，反而享受這種「受到保護的愛意，很大機會患上了斯德哥爾摩症。

閨蜜

我工作的地方，有一位新同事。

她從小在外國長大，最近回流香港。我與她一見如故，完全沒有文化差異，非常合得來。

每逢週末，我們都相約出遊。我會作導遊，帶她四處去；她則擔當司機，負責開車。

對她來說，香港的地道美食十分吸引。始終她家傭人的廚藝不怎麼樣，而且她不論逛街或外出用膳，通常都選擇到五星級飯店，很少接觸街頭小食。

我們不僅年齡相近，連身形也差不多，所以她借出的漂亮衣服和鞋，我都很合身。與她一起出遊，就像夢幻般美好，讓我也可以打扮得美美的。

我很高興在我沒甚麼長久朋友的人生中，結交了這名閨蜜。

可惜這段美好日子無法持續下去，我們的友情逐漸變質，我愈了解她，愈覺得我們是兩個世界的人。

於是，我又撥打了那通電話：「我身邊有可疑的外國間諜，想要舉報。」

難題魅解

我舉報的原因是甚麼？

揭詭見魅

女人的妒忌心可以很可怕。

從「**沒有長久朋友**」及「**又撥通**」顯示，我不止一次利用舉報，去剷除不喜歡的人或朋友。

這次舉報原因是發覺我與她是兩種人，前文顯示她是富家小姐，從而得知我認為自己是窮人。

一開始，我隨她出入平常不會去的場所，享受以往絕不捨得買的衣服和美食。我們的確有過美好時光。

然而，隨著日子久了，我一直看著她揮霍無度的生活，而我偏偏活在別人腳底下，內心漸漸失衡，加上我本來就是妒忌心重的人，這個天秤很快就被打破了。

我固然明白舉報是件大事，所以也掙扎過一段日子。最終，在妒忌的種子長大後，我對她由討厭升級至痛恨，便撥打了舉報電話。

揭魅

THE UNREVEALED

故

16—22

宿舍

國際寄宿學校的住宿費一向不便宜，卻不是父母反對我入住的原因，他們從來不缺錢。

他們擔心不在我身邊看管著，我就會亂來。始終我們家族在商界有頭有面，他們不想鬧出甚麼醜聞。而且宿舍沒家那麼大，又沒有僱人使喚，父母怕我住得不自在，我游說了他們很久才能搬進去。

當我搬去學校宿舍後沒多久，我便後悔了，因為宿舍生活並不如意。不過，那些問題不大，而我很快就找到解決方法了。

在那之後，我比以前笑得更多，宿舍的住客超乎我想像，風趣又博學，上通天文，下知地理，甚麼都懂。而且他們十分友善，並沒有排擠我，還很快讓我融入他們的圈子。

待在這班天天樂呵呵的他們身邊，我笑得甚至比住在學校宿舍更多，畢竟沒有人再逼我亂來了。

難題魅解

甚麼人逼我亂來？

揭詭見魅

要解答謎題，先理順故事發展的時間。

我先是在家裡長大，然後搬去學校宿舍，最後入住精神病院的「宿舍」。文末指「**我笑得甚至比住在學校宿舍更多**」，點明上段並不是學校宿舍，而是發生在學校宿舍之後。

那麼，在學校宿舍之後的新住處，是與一群陌生人住在一起，而他們「**上通天文，下知地理**」，又「**天天樂呵呵**」。要不，他們照字面上是十分厲害的人，要不，他們很大可能都有問題。而文中指的是後者，原因如下。

一開始，我的情緒或精神本來就出現問題，我的父母一直知道。所以，當我提出搬入學校宿舍時，他們考慮的只有「**亂來**」和「**醜聞**」。

他們對我的過度保護，並非單純的寵溺，而是為了不讓外界得知我有問題。他們沒有讓我接受應有的援助和治療，也是同樣原因。

他們不准我離開監視，把我困在家裡，一來方便控制我，二來就算我失控也是在家中，外人不會知道。

經過我長時間游説，父母以為我已經痊癒，便放心讓我搬去學校宿舍。我受到同學欺凌，導致我「**亂來**」了。文末提及「**再逼我亂來**」，指的正是這班同學。他們不得不讓我遷出學校宿舍，入住精神病院。

順帶一提，既然我因為在學校宿舍失控，才要搬去另一處，那麼，那個住處很大可能不會是集結精英分子的地方，而是供人休養和接受治療的精神病院。

由於過往經驗，我以為精神病院的院友跟宿舍同學一樣，都是不友善甚至排擠我。沒想過，事實並非如此，加上得到正確的治療，讓我漸漸變得開朗又快樂。

乖兒子

最近，班主任不斷稱讚我家兒子，説他懂事了、成熟了。他不但準時交功課，成績更持續進步呢。

真是的，不是我自誇兒子，而是他確實聽話。

以前他可不是這樣的。那時他荒廢學業，總跟壞朋友膩在一起，到處惹事生非。商家試過抓到他們偷東西，威脅要報警處理。他們還試過半夜在住宅區大吵大鬧，被居民投訴。

眼看著兒子變得愈來愈壞，班主任頭痛得很，説他再這樣闖禍，早晚被學校強制退學。

不過這都是以前的事了。為了改變他，讓他與那些壞朋友斷絕來往，不再闖禍，我可是費盡心思。多得上天眷顧，現在他每天都乖巧地待在家中，靜靜溫習和寫作業。

兒子學乖了，以前全班考最尾，現在都在頭十名以內。

以後我都不用再替他操心了。

難題魅解

我如何讓兒子變乖？

讓壞兒子變乖，其中一個方法就是剔除不乖的部分。

他出外到處亂跑，我就打傷他的雙腳，讓他行動不便，無法再出去跟朋友闖禍。

他大吵大鬧，我便下藥，讓他嗓子變得沙啞，從此不愛多話，只能安靜點頭。

他喜歡搗蛋，我就禁止一切娛樂，讓他只能靠寫作業消磨時間。

經歷以上的調教後，他的個性徹底改變了，變得穩重又懂事，不敢多說話。只要我讓他做的事情，他都乖乖照做。

當老師和同學問起他身體的變化時，他也只敢按照我之前教的回答，說自己遇到交通意外。畢竟，人在遭遇意外後，想法可能會有天翻地覆的改變，我的兒子正是如此。而且他變得品學兼優是件好事，大家就沒多過問了。

現在他的學業成績如此好，我便不用再操心了。

揭詭見魅

領養

我仔細閱讀領養貓的要求和條件，接著花了一個月的時間，重新整頓和布置家居，務求滿足貓義工所有要求。

來到家訪當日，貓義工拜訪我的家，在不同房間來來回回走了幾遍。她在檢查清單上打了十幾個勾勾，臉上流露滿意的表情，似乎認為我是合格的領養人。

最後，她站在客廳，對我展露漂亮的微笑：「所有門窗都裝了貓網，廚房也鎖上，防止貓咪亂入，一切都準備妥當呢。」

我試探道：「為了迎接這個家庭新成員，我已經籌備了一個月，還擔心哪裡做得不夠好。」

「我暫時沒發現有問題，以新手來說，你已經滿分啦。」她環視了客廳一圈，點點頭道。

我鬆了一口氣：「滿分就好了，謝謝你。」

為了確定日子，她掏出日程表問我：「你想哪天來中心接貓貓？」

「不用接了。」我瞥一眼已上鎖的大門。

難題魅解

為甚麼不用接貓貓了？

揭詭見魅

因為我看中的不是貓，而是貓義工，整理家居是為了將她困住。

貼心的維修師傅

最近住宅大廈的外牆進行維修工程，搭起竹棚架，封上白色圍網包圍整幢樓。

我住在十一樓，不時見到維修工人們在外面的棚架爬上爬下，看得我膽戰心驚。

由於距離太近，我甚至聽見他們討論工作的對話內容。

有日下雨天，其中一個工人特別細心，他從窗外大聲呼叫，提醒我趕快關好客廳的窗，不然大雨灑進屋內就麻煩了。

他說得對，雖然工人們在大廈最外圍裹了一層白色棚網，但是棚網只能防止雜物跌出棚架外擲傷途人。由於棚網帶洞，並非密不透風，所以雨點的確可以穿過棚網，滲進屋內。

難題魅解

嗯，好像哪裡怪怪的？

大廈進行外牆維修工程時，有工人在外牆爬來爬去是正常的。

但基於安全理由，工人在下雨天一般會停工。然而，那位細心的「工人」還在外牆，因為他不是正常的工人。

他是裝成工人的賊人。但他的偷竊對象應該不是我，只是湊巧路過，發現我沒關窗，於是好心提醒。看來他人也不算太差嘛。

揭詭見魅

衣櫃傳出腐屍味

我是飯店的清潔女工，任職了幾年，這裡從未出過甚麼大問題。

可是，近日我發現飯店怪怪的。

嚴格來說，是位於六樓的 603 號家庭客房。房裡的衣櫃附近，偶爾會傳出腐屍味，每次輪到我要打掃 603 號房，我總是怕得要死。

我與同事不止一次打開過衣櫃、投訴過客人，公司管理層很重視飯店聲譽，沒有輕視我們的投訴。

同事每次收到我們的報告，都會立刻派出保安，來六樓進行全層地毯式搜索。但是奇怪的是，臭味總在他們來到時就散去。

我們私下有討論過臭味來源，一致認同那最像死老鼠的氣味。然而，如果是死老鼠，應該不會移動，不可能在地毯式搜索前溜走。

這間房不是供給固定客人入住，晚晚住客不同，問題應該不出自他們。

直到有次，我又聞到臭味了。我慢慢來到衣櫃面前，深呼吸一口氣，鼓起勇氣打開衣櫃門，正當我以為終於抓到臭味來源時，卻發現裡面空無一物。

奇怪，為甚麼臭味愈來愈濃烈？衣櫃裡明明甚麼也沒有啊。

直到臭味最為濃烈之際，我便再也無法離開客房。

怪不得，經常有住客投訴我們多收零食和飲料的款項了。

難題魅解

臭味來源是甚麼？

揭詭見魅

這是因為有人藏在飯店的客房裡白吃白住，臭味是他身上發出的。

家庭客房的面積比一般單人房大，讓這位不速之客有更多藏身空間，冰箱裡的飲料就是他趁沒人時偷走的。

不速之客熟悉飯店的內部格局，藏匿處不止衣櫃，當職員進行地毯式搜索，他便跑到其他房間。

我漸漸掌握到不速之客的移動路線和躲藏方式，同時他也熟悉我們的打掃時間，為免我捉到他，他決定先下手為強，當我打開衣櫃，預先躲在別處的他便從後偷襲。

關於這位不速之客的身份，我已經無從得知。不過大概不是犯罪分子，否則他除了解決基本飲食，還會洗個澡之類，消除身體散發的臭味，減低被發現的風險。他大概精神有問題，才會留戀在飯店裡。

來我家看貓貓嗎

我在網上認識了一個男生，我們交換過照片，彼此覺得合眼緣又聊得來。

不過，我們一直沒有約出來見面，所有交流都局限於手提電話上那冷冰冰的螢幕。

大約一個月後，他忽然問我：「來我家看貓貓嗎？」

在這之前，他未曾提過自己有養貓。我以為他會介紹貓的優點，以此為藉口邀我上他家，還等待他下一句會說「我的貓會後空翻」。

冷不防，他只是淡淡道：「我的貓很特別。」

看看日曆，他約我見面的日子是 5 月 20 日，難道他也覺得我們的關係應該進一步，打算在 520 當天向我告白？

我按捺住甜滋滋的笑意，裝著不知道他準備告白，爽快回覆訊息：「好啊。」

5 月 20 日，我站在他家門口，按下門鈴。

當他打開門的瞬間，我幾乎忘記了呼吸。他真人果然如照片一樣，謙謙有禮，斯文儒雅。

他看了我一眼，露出略帶羞澀的微笑：「進來吧。」

我舉起來訪前買好的紅酒，遞給他：「第一次來，帶點小禮物，希望你喜歡。」

「你太客氣了，謝謝。」他接過紅酒，側身讓我進屋。

我走進客廳，打量一番他的家，沒有發現貓的蹤跡。我忍不住問：「你的貓呢？」

他笑了笑，指向角落：「在啊。」

那裡放了一個巨型貓籠，和一面鏡子。

難題魅解

貓在哪裡？

「貓貓」就是我本人。

我想得沒錯，他的確以看貓貓為藉口誘騙我到他的家，但為的並不是單純告白，而是進行非法禁錮。

放置鏡子，就是讓我看見自己變成男生的貓那個模樣，所以他說看貓貓，也不全然在說謊。

他的 520 告白，就是把我看待成寵物般愛護的那種愛，並不是我以為那種男女之間的愛情。

揭詭見魅

晚安大小姐

「大小姐，到該睡覺的時間了。」每天，他都用極盡溫柔的語氣對我說。

然而，我根本就不想這麼早就睡覺，不僅沒有睡意，還精神得很。

見到我用炯炯有神的雙眼看著他，他總會無奈地嘆道：「呀咧呀咧。」

為了哄我乖乖睡覺，他幾乎把所有辦法都試過了。

畢竟，坊間有各樣對付失眠的建議，藥物也好，療法也罷，他總能找到一款看似適合我的方法。他甚至還特地學過早前在網絡上紅極一時的歌舞呢。看他跳得如此賣力，我真的哭笑不得。

不過嘛，這些方法實在很有效。每當他見到我的睡意來襲，便輕拍我的頭頂，放輕聲量哄我入睡：「好好睡一覺吧。」

到了晚上，他每次下班回來，總會立刻喚醒我：「晚安，大小姐。」

難題魅解

我們的關係是大小姐與執事？

揭詭見魅

這篇是《來我家看貓貓嗎》的後續。

我被迫違反人類正常的作息習慣，每天要在早上入睡，自然也較難有睡意。

加上他晚上回家才能跟我「玩」，為了保持我在晚上有足夠精神，我必須在白天時間休息。

那些真正有效讓我入睡的方法，不是邀請我一起跳大小姐的舞，而是注射針筒或餵藥，即使我處於被綑綁的狀態，他仍然覺得讓我睡覺才放心。

每天早上他要外出工作，由於不放心讓我獨自在家裡，怕我做出他不喜歡的事，例如求救或逃跑之類，所以會確保我睡著，他才能安心出門。

我們當然不是大小姐和執事，而是受害者與禁錮者，我一直被他禁錮在家中。

揭魅

23—29

失蹤案

我所住的屋苑，在三個月內發生了兩宗失蹤案，警方懷疑這並非單純的失蹤案，而是有人抓走受害者，於是將其暫列為連續犯案。

兩宗案的受害者跟我一樣，都是獨居的年輕女生。不僅這樣，她們都是長頭髮，戴無框眼鏡，身材纖瘦，連形象跟我相似，都是斯斯文文的。

雖然還未找到屍體，但失蹤了這麼久，大家都認定她們已經遇害。傳媒甚至開始以兇手稱呼作案者。

兇手一直在逃，弄得整個屋苑人心惶惶，警方也正在全力調查。

我本來已經夠擔心，沒想到有晚下班回家，正準備上樓時，新來的看更忽然對我說：「三樓 A 室的，要我陪你一起上樓嗎？」

這名看更說來奇怪，看起來聰明又年輕，看更這份職業對他來說簡直是大材小用。要我說，他恐怕別有目的。

而且，他怎麼會知道我住哪個單位？實在太可怕了！我急忙拒絕了他。

看來這裡我不能繼續住下去，明天一早，我得趕緊搬走。

難題魅解

為甚麼我要搬走？

揭詭見魅

我本來以為自己可以繼續隱藏下去，但實為警察的看更似

這名看更，是在失蹤案發生後才出現。他並不是兇手，而是警方為了「全力調查」兇殺案所派來的臥底。

而兇手，其實是我。

我專門針對與我同一類型的女生。她們的存在，無時無刻都在提醒我，我是多麼平庸。我很討厭自己，更討厭看見自己。最終，我把這份厭惡轉化為憤怒，發洩在她們身上。

我以為，只要她們消失，我就不用再面對醜陋的自己。沒想過，世上實在有太多平庸之人，她們一個接著一個出現，害我不斷出手。

乎盯上了我。他那句問話，表面看似關心，實際上是在試探我。

我要趁在他通報上頭，發出搜查令前，清空家裡的行兇物品和罪證，逃之夭夭。

黑白評審

「現在開始進行黑白湯匙的評審，請各位主廚端出你的畢生傑作。」

聽見大廳喇叭播放這段廣播時，我深深吸口氣。等了這麼久，終於到我了。

這輪任務的主題是「人生」，大會要求我們用一道菜呈現自己的一生。

他們給我們構思的時間不多，我很快就想出食材、烹調方法和擺盤。

我這道菜並不是一般人能夠煮出來的，味道十分複雜，混合了甜、酸、苦和辣各樣矛盾的元素，當中的苦味最為突出。這絕非大眾喜愛的口味，評審也不例外。

但我相信他們看到我的料理過程，體會到苦澀味的由來和意義，從而增加一些評分吧。

我和其他主廚一個接一個推著餐盤車，站在評審室門外等候。輪到我進入房內，見到兩位評審，老實說，我並不認識他們是誰。他們都是那種大眾臉的男人，穿西裝，一臉嚴肅的。

根據大會介紹，較年長的姓白，另一位則是安評審。除此以外，大會沒透露他們的來頭，我搞不懂為甚麼他們有資格擔任如此重要的環節。不過大會既然如此安排，必定有他們的理由。

兩位評審坐在餐桌前，冷冷地把我全身上下掃了一眼，拿起刀叉品嚐我的菜餚。由於我站得夠近，所以能夠捕捉到他們每個微細的表情。

安評審吃第一口，急急放下刀叉，似乎不對胃口：「太辣，而且沒必要。你添加這些辣味的理由是？」

糟糕，我就知道。明明苦味如此鮮明，他卻先問辣味。

我聽其他主廚說過，這位安評審十分麻煩，總愛從雞蛋裡挑骨頭。嗯，也許算是他的本事，畢竟這是他的職責之一。

我仔細解釋當時想到要加辣的原因，希望可以成功說服他，就算他不理解，看在我這麼誠懇的份上，總該有些同情分吧。

輪到白評審，他吞下第二口。他的臉上總掛著親切的笑容，比安評審看起來寬容一點。雖然我知道白評審也不是甚麼大慈善家，但起碼沒那麼吹毛求疵。

我看過很多綜藝節目，大會總喜歡找不同風格的評審同場，像這種一個嚴肅搭一個和藹的組合最常見。

白評審觀察菜餚的外觀，點點頭：「我嚐得出苦味是這道菜的主角，但其實在甜味與酸度上，你也控制得不錯，正如安評審提出的，你不該在辣味上失手，這樣的菜餚一點也不合格。」

糟糕，連白評審都說了出口，安評審更不可能喜歡這道菜了。這輪評審的結果攸關重要，萬一我拿到的是黑湯匙，後果真的不堪設想。

我企圖作出最後掙扎：「可是，你們看，我——」

「投票結束。」評審室喇叭響起機械性的男聲，宣布兩位評審已經作出抉擇，無論我再說甚麼都挽救不了。

果不其然，安評審帶著遺憾的表情宣布道：「你拿的是黑湯匙，辛苦你了。」

難題魅解

我煮了甚麼給評審？

揭詭見魅

文中的黑白評審，不是大家在串流平台上看到的綜藝節目。

這裡是根據人類生前的善與惡，來審判死後靈魂去向的場所。「主廚們」包括我都已經死亡，是一個個靈魂，正等候判決去向。

評審當然也不是一般烹飪大賽的食家，他們擔任類似死亡審判官的職責。具備審視人類一生的能力，根據我們端出的料理，判斷我們生前的善惡，從而判定我們的去向——拿黑或白的湯匙。

所謂的人生料理，並不是真正的一道菜餚，而是按字面上的意思，是我畢生所做過的事——包含甜酸苦辣的人生。

我做過的事並非一般人會做，辣味代表傷害別人的行為，儘管我受盡苦難（苦味），在別無選擇之下才被迫殺人，但這不能成為行惡的辯護理由。

兩位評審一吃便知我整個人生經歷了甚麼，即使我再三強調苦味，他們還是針對惡行（辣味）來審問我。在他們眼中，行惡就行惡，沒有任何藉口能成為合理的解釋。

黑湯匙是地獄或重新做人的審判，相反，拿白湯匙的人可以上天堂，或者下輩子做貓。

晚上小跑

早前因為身體狀況轉差，徵詢醫生的建議後，我養成飯後兩小時跑步的習慣。

一星期大概兩至三次，我會到屋苑附近的跑步徑，小跑半小時或以上。

來這裡跑步或散步的人不多，大部分都是屋苑住戶，大家習慣對迎頭而來的人點頭打招呼。我漸漸認得他們，有時還會攀談起來。

今晚，我跑到中途，迎面遇上一位生面孔的男子。二、三十歲，中等身材，他看我的目光有種説不出的異樣，我更加肯定之前沒見過他。他是剛搬來的新住客嗎？

我如常禮貌地向他點頭，不減步速地繼續往前跑，卻感到極不對勁。

我發現自己怎樣也追不上他的速度。

難題魅解

我為甚麼追不上他的速度？

我迎面遇上陌生男子後點頭，代表我們是面對面的，即是說，我們跑步的方向是相反的。

按照常理，我們應該只是擦肩而過。但相遇後，我們跑步的方向變得一樣了，男子一直跑在我眼前。

換句話說，當男子遇上我後，轉身與我往同一方向跑步。只是，他的頭一百八十度扭轉，以頭向後、身向前的方式，一邊死死盯著我，一邊跑步。

揭詭見魅

大學校花原本很美

艾達是我的同班同學，英國與香港的混血兒，擁有一雙漂亮的深邃眼睛，身材高䠷，我已經暗戀她很久了。

她算得上是整間大學的校花，不止我，很多男同學都喜歡她，時常在背後討論如何騙她去喝酒，藉著灌醉她發生關係甚麼的。

同樣作為男生，我卻不懂他們在想甚麼。這些幻想不只無聊，還具侮辱性，藏在心裡默默想就算，天曉得哪天説著説著，有人真的照著做了出來。始終我身邊有太多無腦同學，明知犯罪也幹的人不是沒有。

沒想過，真有一天，這種事情居然發生在我身上。

我透過門縫偷看，艾達仍然滴水不沾，已經絕食一日一夜了。她不吃不喝，整個人瘦了一圈，面頰凹陷，失去了以往明亮又充滿生機的美麗。

不行，她不能死掉。

我苦苦哀求，起初她仍肯回應我一句半句話，卻堅持不肯吃東西。但是，來到現在，她虛弱得連話都説不出來了。

我快要被她逼瘋。

她要是餓死，就沒有人放我出去了。

難題魅解

為甚麼沒有人放我出去？

揭詭見魅

我才是被困的人。

艾達真的有遭到男同學侵犯，大受打擊後變得厭世，放棄了人生。她不打算正常繼續生活，選擇將自己活活餓死。

但同時，她也要犯罪的同學付出代價，所以在同一個地方裡，也禁錮了有份參與侵犯，甚至是主謀的人：我。

我並沒有說謊，起初聽見同學的戲話，的確認為「**無聊，還具侮辱性**」。然而，後來聽得多了，認為他們口中的計劃可行，果真照著做了出來，所以才說「**這種事情居然發生在我身上**」。我所說的「**無腦同學**」，其實也包括我自己。

艾達為了報復，拉我一同赴死。文中提及**「沒有人放我出去」**，暗示屋內除了她和我，再沒有其他人。這是因為雖然犯人不止我一人，但艾達事前已經找了他們算帳，留下作為主謀的我，為她的報復行動劃上句號。

邪神顯靈

所謂邪教，往往是外人無知，加上自己沒有得到庇佑，眼紅教徒而抵毀該宗教的偏激言論。

不止宗教，當人或物成為大多數中的小眾，就容易被視為異類，從而讓大眾慢慢產生排斥。大眾為了抹掉小眾，硬把罪名扣在小眾身上。

大黑姆猶教便是了。

我們崇拜的神明名為大黑姆猶，祂是自遠古已經存在的女神。當時天界遭受惡魔入侵，眾神大受重傷，唯獨大黑姆猶敢站出來擊敗惡魔。

祂象徵著美麗、勇敢與堅強，為了獲得祂的護蔭，追隨祂的信眾很多，尤其女性佔大多數比例。

事實上，在我們的信徒當中，的確出了不少成功女性，她們有些開創事業，生意蒸蒸日上，還被傳媒訪問過。

我的野心沒她們宏偉，我只是一個初出道沒多久的女星。我有份參演的連續劇因劇情精彩、角色刻劃得有血有肉，在香港和台灣火速爆紅。

大黑姆猶肯定聽見我的禱告，我因出演一名堅強獨立的女強人，深受觀眾喜受，被傳媒形容為新星。可是，演藝界的運作就是這樣，當你有多受歡迎，外界就有對你有多刁難。

與我同期出道的祖莉，人長得甜美，身形嬌小可愛，與我有截然不同的形象，但人氣程度與我不相上下。她視我為競爭對象，在我背後做過很多小動作。

我受了大黑姆猶的祝福，接到一個時裝品牌的代言，收入猛漲。有天出席私人聚會，我一不小心使用了另一個品牌的手袋，被人拍照上傳，在網上誇大其詞亂傳消息，害我弄丟品牌代言。

而取代我的人，偏偏就是祖莉。

我的演員生涯陷入危機，每個人都來踩上一腳，相繼挖出我的往事，捏造事實，惡意抹黑，試圖摧毀我。網民連我中學時期的照片都翻出來，對我以往的戀情歷史評頭品足，把我描繪成貪慕虛榮的人。

「整天只懂得發明星夢，當初叫你好好讀書啦，你看，不聽我勸告，現在淪落至此。」爸爸一直反對我從事演藝界，認為這個圈子骯髒，早晚毀掉我。

他是醫生，在家裡說話卻像個粗人，整天要我做醫生、律師甚麼的才有前途，看不起演員。

我的媽媽早逝，我每晚只能與爸爸面對面一起吃晚飯，聽著他大放厥詞。有時我甚至懷疑，比起祖莉，更樂見我演藝生涯結束的人可能是爸爸。

我的沉默並沒有減輕爸爸的興致，反而使他誤以為我認同他的話。他繼續狂噴口水：「你的表哥和表姐，不是去銀行上班，就是買了幾層樓等收租。」

每次他總愛拿其他人跟我比較，認為女兒當個半紅不黑的演員，使他在親戚面前抬不起頭。

「你看看你自己，每天穿這麼少布，在鏡頭面前扭來扭去，像甚麼樣？」爸爸說。

經理人看中某首韓國舞曲大熱，鼓勵我用社交平台上載一些跳舞短片，卻被爸爸說成扭來扭去。

*「啪！」*我完全失去胃口，大力放下筷子：「我不吃了。」

我跑回睡房關門，跪在大黑姆猶神像面前，眼淚不禁簌簌落下：「都怪祖莉，她妒忌我才送那個手袋給我，然後亂說我明明有廣告代言，卻在背後嫌棄品牌不夠高檔，害我背上拜金女的罪名。」

我用針頭刺了手指一下，將鮮血抹在神像身上。教主說，這樣做可以加強與大黑姆猶的連結，使祂更能發揮神力。

我祈求道：「要是沒有祖莉，就沒有人再搞風搞雨，在網上帶風向抹黑我。大黑姆猶，求求祢，指引迷途的羔羊，庇護我在惡魔的打擊下勇敢站起來，如同祢一樣擊敗惡魔。」

經理人建議我最近最好避避風頭，於是我推掉不少社交場合，每晚跪求大黑姆猶賜予我力量。大約過了一、兩個星期，大眾對關於我的話題漸漸失去興趣，轉攻其他公眾人物。陸續有工作找上我，這場風波就這麼過去。

讓我感到意外的是，這次被圍攻的主角是祖莉。

原來她的整容手術遇到問題，醫生有些失誤，導致她的鼻子有點歪掉。即使進行過幾次補救手術，仍然未能回復美貌。

我想，大黑姆猶再一次聽見我禱告了，替我除去死對頭。

事後，每當我接到品牌代言都特別小心，注意身上不會配戴其他品牌的飾物之類。每次接受傳媒訪問，都經過仔細考慮才回答，不讓有心人見縫插針。

直到今時今日，我已經成為電視台的一線女明星了。

雖然外界有傳我拜邪神甚麼的，但那又如何，只要我對大黑姆猶足夠虔誠，祂就肯一直庇佑我，我根本不用理會這些閒言閒語。

還有爸爸，他縱使再怎樣不喜歡演員這個職業，每次收到豐厚的家用都不敢亂說話，反而露出欣慰的微笑。

難題魅解

我能夠成為一線女明星，是因為大黑姆猶顯靈嗎？

大黑姆猶教雖然看起來有點古怪，滴血儀式又有點詭異，但對身體並沒有構成嚴重影響，沒有造成太多經濟或其他損失，也沒有影響日常生活等等，所以祂對我沒有不良影響。

相反，大黑姆猶令我變得堅強，成為我努力的推動力。所以不管大黑姆猶有沒有顯靈，祂對我也有幫助，令我勇敢繼續事業，伴隨著我一步步實現夢想。

然而，一直在背後支持我，讓我成為一線女明星的，除了大黑姆猶，還有爸爸。

我打從心底明白爸爸才是世界唯一疼愛我的人，只是他用錯了表現方式。所以我詛咒的人是祖莉，而不是爸爸。

爸爸聽見我的禱告，得知祖莉陷害我，即使不認同我的事業，但也看不順眼有人欺負女兒，於是策劃陰謀，讓祖莉的整容手術失敗。

爸爸的職業是醫生，雖然不是整形外科專科，但能動用人脈，才有機會影響祖莉的整容手術。

我的事業風生水起，背後也有爸爸的幫助。

揭詭見魅

郵輪上，殺人夜

「不要啊，救命！」學長被殺人魔壓在身下，無法逃跑，只能向我們伸手，淒厲大叫。

我、阿東與小熊走在國際郵輪的長長走廊上，頓時停步回望學長。我們該不該回去救他？

殺人魔身高一米九，身材壯健，身手靈活，背了個沉重的背包，裡面放有各式各樣的武器。他不只配備充足攻擊性裝備，還有不少防護裝備，先前已經有幾個人死於他手下。

小熊十分膽小，扯著我往前跑：「快點走啦，之前那幾個男人都不是他的對手，我們幾個小女生怎可能制伏他？」

「不是，我們不是有阿東嗎？」我看看帶頭跑的阿東。他雖然是我們餘下的唯一男生，但體型瘦削，恐怕不是殺人魔的對手。

阿東與小熊都是我的同班同學，我們三人趁著大學暑假，與學長一起參加國際郵輪七天來回越南的短途旅程。

只是，今日才剛剛啟程不久，船上就出現殺人魔。

我們剛剛逃出大劇院的大屠殺，正要回房避難，殺人魔剛好追了出來，捉住了學長。

阿東急急按升降機的按鈕：「連學長都被推倒，你覺得我過去可以做甚麼？」

「送死？」小熊直話直說的個性，在危急時刻發揮得淋漓盡致。

「升降機到了，我們進去吧！」我打斷二人，率先衝進升降機。

三人連忙按下睡房的樓層，在升降機門關上前，我們眼睜睜目擊殺人魔如何對付手中的獵物。

殺人魔騎在學長背上，用雙腳鉗制住學長雙腳，然後抓住頭髮，拉起他的頭顱，從後一刀抹頸，割喉殺人！

「呃……」學長連話都說不出口，就死在殺人魔的刀下。

我全身發抖：「糟糕，船上剩下的生還者不多了。」

光是大劇院，死傷者已有幾百人，涵蓋各種國籍、性別和年齡，殺人魔不挑對象，無差別地殺人。

阿東望著升降機的指示燈，不發一言，似乎這樣做就能讓它上升得快一點。

「躲起來不是辦法，我們得殺死他，不然死的就是我們。」小熊提議道。

我們是由四樓上十樓，升降機很快就到。恐怖的是，門一打開，殺人魔早已到達十樓，在走廊上瘋狂追捕乘客。

「快下去。」阿東急急按 G 樓，認為逃離才是上策。

我們反覆按鍵，升降機卻不聽指令，停在此層，維持開門的狀態。該死，我們不可以再逃避，這裡是決戰場所。

很多人停留在此層，他們決定合力對抗殺人魔，我們也鼓起勇氣，衝出升降機，加入反殺行動。

當然，我沒有勇氣擋在其他人面前，只敢擠在人們身後，幫忙遞一下武器。有人從房間找到急救藥包，我便加入急救小隊。

未幾，走廊傳出勝利的聲音。

他們成功解決殺人魔，有人用刀狠狠插進他的心臟，當場擊殺！

我跳起身與大家擊掌歡呼：「太好了，我們成功了！」

「哇啊！」背後傳來小熊的慘叫聲。

明明已經死透的殺人魔，居然重新站起來，用槍掃射眾人。阿東和小熊不幸中彈，倒地不起。

子彈用光，殺人魔便持刀步步向我們迫近，我沒多想就撇下傷者逃亡，我還不想死。可惜，他實在太快了，我被他捉住了。他沒有馬上殺死我，而是像玩弄獵物，從我身上割出多道傷口。

我的意識無比清晰，甚至感受到生命流逝的速度，我知道再這樣下去一定會死。

不行，我就不信他能無限復活！

這時，其他乘客衝過來加入戰團，暫時令殺人魔分心。我悄悄用藏好的刀插向他。殺人魔再度血濺走廊，瞬間死亡！

最後，他真的死了，不再起身追殺我們。

我們今晚也總算可以安然離開郵輪。

難題魅解

殺人魔為甚麼可以死而復生？

揭詭見魅

因為這是我和小熊他們趁暑假一起連線打電動的情節。我們遊玩的這個恐怖遊戲是多人合作模式，其他乘客有些是NPC，有些也是真人玩家。

遊戲以國際郵輪為故事舞台，按照劇本發展，殺人魔是遊戲的其中一個大 Boss，會在越南旅程的第一晚出現。

作為開放世界遊戲，我們有一定自由度，可以隨意走動。但到了特定劇情例如打大 Boss，我們必須在固定地點，所以升降機不聽指令，強迫我們滯留在十樓，亦立刻知道「**這裡是決戰場所**」。

「**急救小隊**」意味著我在隊中擔當輔助型攻擊，負責替其他玩家補血。

由於在遊戲裡死亡，現實世界裡的玩家不會死，所以我在好朋友「死」後，並未表現傷心，反而關心能不能取得勝利。

殺人魔由四樓瞬間移動到十樓、大 Boss 復活、我得知自己生命值下降，還有我們當中有人重傷甚至死亡，但都不曾喊痛等等，這些都是進行遊戲中的表現。

最後，我解決了這個章節的大 Boss，大家便可以離開遊戲，回到現實世界。

千里共嬋娟

在我們三人之中，我往往是等待的那個人。我等了很多天，在中秋節那夜，他總算肯來找我了。

我不敢大吵大鬧，冷冷調侃道：「大時大節，不去陪妻子嗎？」

「別這樣吧，我很難得過來看你一面。」他帶著乞求的語氣。

我在遇見他之前，一直覺得婚外情受盡世人唾棄，不明白為甚麼有人願意冒險。無論是第三者，抑或出軌的那方，他們全都咎由自取，沒有值得別人同情之處。

自從體會到他那份默默承受、兩邊不討好、身不由己的痛苦，我才明白在一段婚外情的關係裡，沒有人是真正快樂的。

我沒有回應他甚麼，只靜靜感受當下的氛圍。我在家裡的陽台擺了一張戶外餐桌，桌上的蠟燭在滿月之下顯得黯淡無光。

即使滿滿放了幾盤美食、幾杯美酒，這裡還是冷冷清清，沒有中秋節該有的熱鬧氣氛。

見我不想聊天，他只好坐在我對面，與我一同默默賞月。面前的酒杯維持滿杯，他似乎失去喝酒的心情。

這倒沒掃走我喝酒的興致，我繼續替自己斟酒，笑著對他說：「千里共嬋娟。」

難題魅解

他為甚麼不與我舉杯暢飲？

「千里共嬋娟」原指希望兩個相隔很遠的人，都能一起欣賞美麗月亮。

我與他確實相隔很遠，因為是陰陽相隔，我尚在人間，死去的是他。

中秋節那晚，我在露台拜祭他，等到他的鬼魂來尋。他不常來找我，不只因為妻子，而是鬼魂很難在人間逗留。

蠟燭不是中秋節玩樂的那種，而是祭拜用的。酒也是用以祭拜的，我的原意不是與他對飲，一般祭拜會用上三個酒杯，所以桌上酒杯不止兩隻，而身為鬼魂的他亦無法喝酒。

揭詭見魅

揭魅

30

—

37

蝌蚪村

根據古代典籍記載，古人以蝌蚪入藥的歷史悠久，知道蝌蚪具醫藥價值，可以強身健體和治病。

我們村也相信此說，村民靠種田勉強維生，很多人都骨瘦如柴，要不是吃蝌蚪，相信更多人會因營養失衡而死。

可惜這裡的泥土和水實在太貧瘠，總是長不出蝌蚪，我們要靠賣僅餘的農作物，來換取蝌蚪這種滋補且珍貴的食材。

「女兒，別去城市打工，乖乖留下來啊。」媽媽時常含淚對我說。

年輕村民不願過艱苦日子，紛紛離開這條村，出去城市謀生。村落無人打理，變得愈來愈凋零，然後更多人離去。這算是惡性循環吧。

「為甚麼哥哥可以離開這裡，我卻不可以？」我不止一次問媽媽。

她凝住眼淚回答我：「你……你是女生，要犧牲多一點。」

為了延續村落的生命，我注定要留下來生兒育女，連死也得在村子裡死去。

一天，我懷孕了。我覺得噁心，肚子日漸隆起，很不舒服。爸媽卻面色沉重，說先請村醫來檢查。村醫診斷出我不是懷孕，而是生病。奇怪的是，媽媽居然偷偷笑了。

我受盡怪病煎熬，無法下田，日夜躺在床上。胸部和腹部劇痛，全身多處腫脹，皮膚底下像有小蟲爬來爬去似的，痕癢莫名。傷口潰爛，散發陣陣惡臭。

我變成活死人。

三日後，凌晨時分，爸媽封上門窗，將奄奄一息的我綁在床上，將碎布塞入我口中以防大叫。我明白，他們養不起病人了。

「很快就好，你忍一忍吧。」爸爸拿出小號鐵匙羹。

我虛弱問道：「殺我，為甚麼……不用刀？」

「女，用刀怕你痛。」媽媽的眼神亢奮得古怪，我看不懂。

爸爸一手按實我，一手握緊匙羹，斜斜插進我手臂上的腫脹小瘤底下！

「嗚——哇——！」

匙羹輕易穿破本已壞死腐爛的皮膚，血漿和黃色膿液噴射出來，濺去床上和地上，傳出濃濃腥臭氣味。爸媽這是甚麼意思……替我放膿嗎？

爸爸手中匙羹撥動一下，剷起肉瘤，放進媽媽遞上的碗裡。我手臂留下約一厘米直徑的凹洞。

媽媽搖了搖碗，讓碗中的清水沖散肉瘤上的爛肉和黏液，露出肉瘤原型——小小一隻，沒有四肢，一條鰭狀尾巴——我從小吃到大的蝌蚪！

活生生的蝌蚪！

我不敢相信自己的眼睛，蝌蚪在碗裡搖擺尾巴，游來游去！

爸爸挖取我手臂另一顆腫瘤，碗裡多了一隻蝌蚪：「吃下蝌蚪，寄生蟲在你體內成長，這些便是成蟲。」

不對啊，蝌蚪是幼體，青蛙才是成蟲吧。我身上這些究竟是甚麼破玩意啊？

爸爸說：「很少人能孕育蝌蚪，大部分人是直接死去，所以蝌蚪才會賣得這麼貴。」

我望去身上一個個肉瘤，密集程度跟雞皮疙瘩差不多，不過更凸出、更圓大。薄薄皮膚和血管下，透出蝌蚪黑色的身體，彷彿完成發育準備破繭而出，全都在微微扭動！

我難以想像自己的皮膚上布滿寄生物，更難以想像爸媽打算逐一活活挖出來！

媽媽一邊忍住笑意，一邊脫光我的衣物：「我們沒有蝌蚪的話，早就餓死了。兒子傳宗接代，女兒……只能犧牲了。」

甚麼用農作物換蝌蚪，根本是個笑話，是用蝌蚪來換錢才對吧！

我已經認不出這對父母，也認不出自己了。我整具身體上下猶如血色蓮蓬般，被挖出密密麻麻的小血洞，在血肉模糊的肉泥上，混有粘稠腥臭的膿汁。

我的血、我的膿液，不斷從無數個血洞湧出。

我想起以前咀嚼蝌蚪時，口腔滿滿的血腥味。

難題魅解

這條村發生甚麼事？

揭詭見魅

這條重男輕女的村落，處於封閉的狀態，村裡發生的事沒有傳出外界。

村落衛生情況差，傳染病肆虐。這個傳染病透過某種類似蝌蚪的寄生蟲傳染，人類進食這種寄生蟲，便很大機會受到感染。

但由於教育程度低，村民沒有把這當是病，更視寄生蟲為滋補食材，不惜以高價購買。

有人為了賺錢，藉著吃寄生蟲而染病。我的父母便是其中一員，讓我從小就吃寄生蟲，最後成功培育出更多寄生蟲，用以銷售圖利。

農曆七月十四，切勿上尾班車

紅色小巴是我每晚下班，必須乘坐的交通工具。我家位置偏遠，乘搭地鐵或巴士的話一定要轉車，計程車更不用說，我無能力負擔得起。

即使數日前發生車禍，釀成四人死、一人傷，我還是從不間斷地乘坐這條紅色小巴線。

今日是鬼節，雖然坊間有「不要坐尾班車」的禁忌，但我因為加班後，在半路又遇到耽擱，迫不得已只好坐尾班車。應該說，能趕上尾班車簡直是奇蹟！

我坐上小巴後不久，一對情侶也上車，在我前面一排坐下。小巴司機用對講機跟總部交代一聲就出發了，我渾身禁不住瑟瑟發抖。

坐在前面的男生說：「呼～幸好趕上了！」

「都叫你早點出門啦，跑得我猛喘氣。」女生氣得拍打男生的肩膀，嬌嗔道。

男生哄道：「我有啊，現在不是趕上了嘛。」

女生瞪了男生一眼，換個話題：「去你家要坐多久，在哪個車站下車？」

「我也是第一次坐這條小巴線，之前一直搭巴士。」男生居然不負責地聳聳肩。

女生嘖了一聲，抬頭張望前後：「你問問司機吧，要不問問其他乘客。」

這條小巴線大多司機都兇神惡煞，現在載我們的司機也是，不斷對電話另一頭大聲抱怨些甚麼，有個乘客上車走慢一步，也被他罵了幾句。

男生不敢招惹司機，回頭發現我，禮貌地問道：「我們想去N村，請問你知道我們該在哪裡下車嗎？」

我愣了一瞬，答道：「你們忘了嗎？我們無法下車。」

我看看手錶，再過兩分鐘，又要重演接下來的事了。

難題魅解

我們為甚麼無法下車？

這台小巴正是數日前發生車禍的那台，我與情侶都陷入死亡迴圈，不斷重複死亡的過程。

當小巴出發那刻，我想起自己已經死亡，所以才會瑟瑟發抖。我試過無數次逃離這個死亡迴圈，最終都失敗，所以才會告訴情侶無法下車。

揭詭見魅

站在門縫內

雖然全屋燈光熄滅，睡房門關上，但房外仍有一線光透過門縫滲入來。

今晚，我小心翼翼地觀察著門縫，居然再次捕捉到光影變動。時間是凌晨四時半，跟昨晚的時間相同。

上下門縫的光線都被遮蔽了，可想而知，站在門外的人，身高至少有一米八。

可是，我是獨居，屋內根本不可能有其他人！

情況跟昨晚一樣，這個人沒有腳步聲，嚴密上鎖的門窗也沒有被打破的聲音。究竟，他是如何入屋呢？

這個人第一次出現的時間是昨晚。今天早上醒來後，我馬上檢查全屋，沒有失物，沒有翻動痕跡，門窗也沒遭破壞。當時我以為是自己半夜眼花，豈料，他現在又來了，我肯定不是眼花了。

那麼，他不是為了偷竊，半夜溜進來的目的是甚麼？

雖然他只是佇立在門外，甚麼也不做，暫時沒有對我做出任何傷害行為，可是這個人一動不動地貼在門外，一站就是幾小時，直至天光才肯離開。就算不干擾我日常生活，都足以讓人毛骨悚然。

等他壯大了膽量，有所舉動時，一切都太遲了。

趁現在他以為我睡著了，我要把握這個機會逮到他！我悄然起身，順手拾起床底的啞鈴。

接著，我飛快地按下燈光掣，打開房門，舉起啞鈴，準備殺他一個措手不及。

咦，門外竟是漆黑一片，甚麼人也沒有！

我的睡房位在走廊盡頭，房門正面朝向無窗的純白牆壁。即使沒開燈，屋外的月光仍然可以穿過客廳的窗，往這邊照來啊，沒可能漆黑到伸手不見五指！

我大吃一驚，無法動彈，雙眼打量著身前這片詭異的黑暗。這是一種誘人的黑暗，好像有股吸力般，讓我看久了想踏出房外，投身跳進這片黑暗裡。

時間過了一會兒，面前這片黑暗倏然動了！

它瞬間一動，往旁邊掠去，我才能重新看見牆壁及走廊周圍的環境。

我總算搞清楚甚麼回事了。

剛才我並不是甚麼都看不見，相反，我與對方打個照面。對方不是人，而是一襲巨大黑影！我要是貿然衝出門，很有可能會被那個黑影吸走。

我怕得汗毛直豎，不敢追出去尋找黑影下落，匆匆退回睡房。我把門關上，跳回床上，被子蓋過頭，身體縮成一團。

這時我才發現，手中握住的不是啞鈴，而是一隻拖鞋。也許剛才太慌忙，我怕得一時情急拿錯了東西。

這種事真的很恐怖，也極具威脅性。我決定天一光，再找道士上來瞧瞧。這次要請另一個道士，以往那些法力太低，根本幫不上忙，只會把我推給其他人。

難題魅解

黑影的目的是甚麼？

要弄清楚黑影的目的，首先要知道它到底是甚麼東西。

排除黑影是賊人等人類，它是一種非人類存在。在我眼中，代表鬼魂之類的邪惡力量，所以我會請道士來驅邪。事實上，在黑影出現之前，我已經請過道士，是因為我不是第一次遇到靈異事件。

然而，這引申出一種可能，我其實是個精神病患者。

無窗的純白牆壁，正是大眾對精神病院的典型印象。而且，我明明拿了啞鈴，後來卻發現它變成了拖鞋，説明我的思緒不清晰，啞鈴是幻想出來的。

黑影從來沒真實存在過，家中亦沒有鬧過鬼，這一切都只是我的幻覺。所以，要解決問題根源，不在於驅除惡靈，以往的道士才會「**幫不上忙**」。道士會「**把我推給其他人**」，是因為他們看出問題根源不在於靈異事件，而是在於我的精神狀況。他們無能為力，便勸我找醫生幫忙。

故事名用「**門縫內**」而非「**門縫外**」，作為一個暗示，提醒大家將焦點放在房內，房內的人才是製造恐懼的人。

黑影的目的是對我不利，但它只是我幻想出來的假想敵。

揭詭見魅

絕佳未婚夫

我在工作的地方認識了未婚夫，他的收入不多，也沒有豐厚的家底，但勝在性格和人品都很好。

未婚夫對我的照顧無微不至，很多事情都替我打點好。他不是甚麼中央冷氣機，懂得謝絕其他女性接近，眼裡只有我一人。我和我身邊所有朋友都一致認同，他是值得託付終生的人。

他對我無微不至的程度，甚至會把我寵壞，使我甚麼也不懂得做，就連上網訂車票之類的簡單事情，他都一一扛下。

他知道我不太懂得操作電子設備，每次我買新手提電話或智能手錶，他都替我弄好所有設定，連緊急聯絡人都不忘加入。

直到我臨終時，我替自己還未嫁給他而感到慶幸。

難題魅解

為甚麼我本身想嫁給他，臨終時卻不想？

標題《絕佳未婚夫》是反諷。

未婚夫接近我懷有目的，又或者感情生變，變得不再愛我。

他在緊急聯絡人一欄裡只把自己加入，這是他的第一步。

殺害我的時候，他先搶走手提電話以防我報警，任由難以取下的智能手錶留在我手上。因為就算我用手錶呼救，撥出的緊急電話也只能接駁向他，求救失效。

我到死才揭開他的真面目，萬一嫁給他，他就有權操辦我的身後事，甚至奪取我的遺產。

揭詭見魅

無人隧道的歌聲

我經常加班到晚上八、九點，從車站回家的路程中，會經過一條行人隧道。

這條隧道總是沒甚麼人，尤其在發生兇案之後，大家情願繞遠路也不敢走那裡。

但是我家的位置正正就在隧道出口附近，如果要繞遠路，得多花十幾、二十分鐘。公司漸漸轉入淡季，我不用加班到太晚，所以仍舊選擇隧道。

隧道不算特別長，大約一、兩分鐘就通過。時間不長，但幽暗無人的氣氛有點可怕，我每次總會播放周杰倫的《星晴》，邊行邊聽以減輕不安感。

隨著日子過去，大家包括我也漸漸忘記隧道發生過兇案，走在這裡的行人比以往多了一些。

某夜凌晨，我跟朋友喝完酒回家，再次經過行人隧道。

我如常打開手提電話的揚聲器播歌，聽見歌聲在空蕩蕩的隧道內，來回碰撞產生回音。弄得好像很多人同時唱歌，氣氛變得更詭異。於是我更加腳步，希望盡快走出隧道。

聽著聽著，周杰倫《晴天》的歌詞，原來如此恐怖陰森。

難題魅解

《晴天》明明是情歌，為甚麼會恐怖陰森？

揭詭見魅

我走隧道時播的是《星晴》，所以《晴天》是由另一人播出。這表示，隧道裡除了我，同時還有另一個人。

播放《晴天》的人，是早前兇殺案的兇手，他一直以來想殺的人都是我，只是隧道太幽暗，他總找上與我身形差不多的女生。

《晴天》其中幾句歌詞，便是兇手要對我說的話。長久以來，他都喜歡我，也試過捉住我的手，只是一直捉錯人罷了。這次他終於等到我出現在他身邊了。

討厭的 IG 朋友

小櫻是與我互相追蹤，卻絕少聊天見面的「IG 朋友」。我身邊有很多這種人，唯獨她最討厭。

她的 IG 更新得太頻繁了，而且幾乎每個 Post 都與她奢華的生活有關，是個喜歡頻頻放閃炫耀的女生。

不論搬去更大的新居，收到名貴首飾禮物，抑或剛買的名種貓拉出第一顆屎，她都一定拍照打卡，讓人見到她那款手袋是限量版，或者見到她家裡廁所比平常人家的客廳還要大。

我唸大學時認識小櫻，當時她不過是個普通的屋邨女生。後來，大概結交了富貴男友，她才開始變質，成為如今這副土豪模樣。

我不想再看下去，匆匆跳出小櫻的 IG 頁面，按下直播按鍵。比起她，我的 IG 很久才更新一次，對上一次更新好像已經是兩個月前了。

要不是今次去法國旅遊，路上風景實在太美，我才不會直播。

我今趟旅程時間很緊密，正在開車趕往法國南部小鎮。山下一片蔚藍海岸，又經過充滿中世紀情調的小城鎮。朋友們觀看直播時，紛紛按讚，留言說景色太漂亮了。

想起小櫻頻繁更新的行徑，難道她的朋友都不會提醒一下嗎，任由她在社交平台亂吠？算了，反正我們本來就不熟。

我還是專注開車好了，這裡的山路不太好走，有些路段還要貼著岩壁走。幸好我租了較小台的車子，否則心理壓力會更大。

難題魅解

我討厭小櫻的真正原因是甚麼？

揭詭見魅

小櫻喜歡用 IG 炫富，其實我也一樣。不然，我不會在難走的山路上一邊開車，一邊進行直播。**「時間很緊密」**和**「趕往」**顯示了車速不慢，我在這種情況下還敢使用手提電話，是因為我顧著炫耀，甚至忽略了人身安全。

明明我和小櫻是同一類人，我卻認為自己跟她不同，是因為不想承認。我需要藉著怪責小櫻，將焦點轉移到她身上，來說服自己，我不是愛炫耀的人，從而減輕罪疚感，令自己心裡好過一些。

我討厭的，其實正正就是自己。

女僕咖啡廳的魔法

一間叫「萌萌」的女僕咖啡廳新開張沒多久，就建立了非常好的口碑，幾乎所有光顧過的客人都對萌萌讚不絕口。

我也不是沒見識，有去過日本秋葉原的女僕咖啡廳。這些餐廳的套路來來去去都差不多，萌萌應該也不外如是。

一日，朋友堅持去萌萌吃飯，於是我們一行三人便去了。不愧是當紅咖啡廳，即使我們提前預約，也等了十幾分鐘才能進去。

我以前曾聽説，某些女僕咖啡廳為了節省資源，沒有聘請廚師，餐單上的餐點都是附近餐廳的外賣。只要換上精美的碗碟，價格就能翻好幾倍。

反正客人不是為了吃東西而來，就算餐點多馬虎，只要找個漂亮女生捧出來，立刻就能變成人間美食。

讓我感到意外的是，萌萌不同，這裡所有餐飲都是女僕親手炮製，難怪收費如此高了。客人還可以追加服務，透過監控畫面欣賞女僕在廚房煮飯的英姿。

不過，聽説這裡有太多不同種類的追加服務，客人傾向選擇能夠與女僕互動的服務，所以沒有太多人觀看煮飯過程。

不過既然餐廳有膽量提供這個選項，就說明她們沒有造假。

咖啡廳的空間不大，椅桌並不多，當值女僕有四名，為每張餐桌提供專門服務。當然，想換人的話加錢就行。

負責我們餐桌的女僕叫小粉，長得漂亮可愛，說話嬌滴滴的，十分討喜。

「小粉，不好意思，可以點名請小絲過來嗎？」同行友人事先沒跟我們商量過，突然提出換人的要求。

小粉沒有不高興，露出甜美的笑容：「主人，沒問題，我請小絲過來。」

小粉已經夠美麗了，難道小絲比她更好？我滿心期待，等到小絲捧上餐單，放在我面前，我就一頭霧水了。

小絲不是不漂亮，但無論身材、長相和舉首投足，小粉都比她優勝。朋友為甚麼指名要小絲呢？我抱著疑問點餐。

待小絲去廚房後，我問朋友：「你認識小絲？」

朋友黯然搖頭：「算不上認識，只是之前上來時，剛巧也是她提供服務。」

「為甚麼指名她？」我還是不解。

他回味般舔舔嘴唇：「她的廚藝精湛，我一吃就上癮，禁不住一來再來。待會你嘗過之後就明白了！」

哦，我懂了，在這裡工作的女僕肯定有過人之處。小絲的外貌也許比不上其他女生，但她煮得一手好菜。

「想吃美食，正正經經找間餐廳就好了。誰會為了吃飯，而跑來女僕咖啡廳的？」我碎碎念道。

不消一會兒，當小絲笑意盈盈上菜時，我總算明白了。我們點了牛排、意粉和焗飯，菜式有別於一般女僕咖啡廳所提供的。無論是食材或擺盤，都媲美高級西餐廳。

小絲例牌施了一場「魔法」表演後，我們便起筷。雖然味道未至於驚為天人，但的確遠超我的預期，十分美味。她們就算把目前餐點的價格翻倍，我都覺得不過分。

我很好奇，小絲的廚藝如此了得，為何不去當大廚呢？難不成真的因為「愛的魔法」，讓食物變美味，而離開了這裡，她就無法施法，所以只能留在這裡？

對於這個問題，小絲笑而不語。

我開始懷疑她是請槍的，用外賣調包，假裝成自己煮的。於是我趁小絲在廚房煮飯時，提出追加服務，觀看她的烹調過程。

結果，小絲沒有說謊，她真的親手製作每道菜。

但是我以後都不再光顧這裡了。

難題魅解

我為甚麼不再光顧？

小絲煮得一手好菜的原因，當然並不是因為她施了愛情魔法，更不是採用某些禁忌肉類，也不是調包外賣。

她真正的秘密，是模仿了某些黑心餐廳的手法，在食物裡偷偷加入罌粟。

罌粟屬於違禁品，含有毒成分，能讓人吃上癮。我的朋友就是受害者之一，在不知情的情況下服食了罌粟，之後不斷上門，想再吃小絲煮的食物。

小絲知道有人可能付費觀看烹飪過程，加倍小心地偷放罌粟，但還是被我發現了。我洞悉了美味背後的真相，自然不敢再來。

揭詭見魅

鬼聲

今個月初，我如願從家裡遷出，搬來離島獨自一人生活。

這裡遠離鬧市，環境清雅幽靜，我與房東簽下兩年租約，可以的話，我想永遠都住在這裡呢。

殊不知，島上居然鬧鬼。

「嚶——嚶——」凌晨一時，屋外又傳來鬼叫聲。

我的新居面朝山坡，那邊久不久會傳出像女人的哀號，又像無意義的叫聲。每次我在半夜聽見，都感到非常不安。

起初我以為只是一次半次，偶爾有人怪叫而已。後來我留意到，幾乎每隔一、兩晚就傳來叫聲。

我忍不住好奇心，試過不止一次走出屋外，尋找聲音的來源。可是，對方似乎有所察覺，當我來到大街上，聲音便會戛然終止。

住在島上的人不多，我幾乎跟所有人都見過面，趁著寒暄試探他們口風，看看他們知不知道怪叫的原由。

豈料他們都習以為常，還取笑我這個都市人大驚小怪，說島上很多野生小動物，牠們半夜叫是十分平常的事，我慢慢就會習慣了。

那是野生動物的叫聲？我感到半信半疑。不過，既然無法查證，事情只好就這樣不了了之。

好一段時日後，怪叫聲忽然消失了，大街從此沒再傳出奇怪聲音。然而，換來是的另一種更微弱的聲音，來自我家的鐵閘。

那幾日正值八號風球懸掛，風聲呼嘯，偶爾更吹來路邊雜物，輕輕撞上居民的外牆和大閘。不僅我家門外受到影響，鄰居也為清理垃圾感到頭痛。

那時剛好是租約期滿，我覺得既然適應不了離島生活，便索性搬回市區了。

對於怪叫聲的真相，我以為永遠都找不到。但是，當我看完新聞後，便明白了一切。這則新聞刊登在報紙上，內容圍繞島上發生的兇殺案。

我回想自己當初沒堅持找出聲音來源，不知該慶幸還是內疚。

解謎難題

鬼聲的真相是甚麼？

揭詭見魅

叫聲消失後，兇殺案遭受揭發，意味著兩者有關係，發出叫聲的人已經被殺害。

島上有人遭受禁錮，那名受害者在半夜，趁著禁錮者熟睡，找到機會便會發出聲音求救。奈何她的體力及精神不濟，無法正常說話。那些求救聲聽在我耳內，更似是怪叫鬼聲。

當禁錮者見到我走出大街，避免我找到聲音來源，他立即讓女生噤聲。

那麼，明明是人叫聲，島上其他居民怎麼可能隨便當成小動物的叫聲，更對此習以為常？這是因為，犯人不止一人，他們全部人都是犯人，合夥禁錮女生。

幸好我當時沒有追究下去，因為就算找到受害者，單憑我一人之力，也不一定能把她救下。相反，我很大機會連報警都來不及，就被島上居民殺人滅口。

而事實上，當怪叫聲終止後，我家門馬上傳出另一種怪聲。那其實是島上居民為了「捕捉獵物」，提前準備工夫時所發出的聲響。甚麼清理門外雜物，一切都只是掩飾，他們其實藉著打風的吵聲，以掩蓋事前工夫罷了。

讀完新聞後，我馬上把種種線索結合起來，隱約覺得怪叫真相背後埋藏殺機。同時慶幸自己逃過大難。

揭魅

THE UNREVEALED

故

38—46

我不會游泳

我在一條小小漁村長大，父母靠捕魚為生。我們家是建在海上的魚排，平時出入以船艇連接海岸。

村民常常嘲笑我，連游泳都不會，怎樣繼承父母的事業。爸媽卻說，捕魚工作吃力不討好。

大海高深莫測，海浪波濤洶湧，絕對是一門危險的工作，每次出海都在賣命。更不說這行競爭愈來愈激烈，這種高風險、低回報的工作，去到爸媽那代就該停。

他們把希望寄託在我身上，想我好好讀書，長大後去城市找份寫字樓工作，以後過著安穩生活。

在我六歲生日當天，我們一家三口去城市一間西餐廳吃飯慶祝。晚飯後，回到魚排已經很晚了。

當我洗完澡出來，爸爸突然不見了。媽媽滿身鮮血，朝我衝跑過來，她的眼神是前所未有的瘋狂。我從未見過這樣的媽媽，嚇得呆在當場。

究竟發生甚麼事，爸爸究竟遭遇了甚麼？

很快，我懂了。

媽媽明知我不會游泳，居然一把推我下水。她在魚排邊緣蹲下來，雙手拚命地按壓我的頭頂，狠狠地把我按進水裡！

「媽媽⋯⋯不要⋯⋯」我被水嗆倒，無法好好說話。

媽媽的說話也變得斷斷續續：「女兒，不要怪我，媽媽對不起你⋯⋯」

不是，今天是我的生日，媽媽為甚麼這樣對我？

還有，爸爸去了哪裡？快來救我啊！

難題魅解

媽媽為甚麼這樣做？爸爸去了哪裡？

揭詭見魅

媽媽沒有發瘋，她沒有傷害爸爸，推我下水也不是為了溺死我。

事情的經過是這樣的。我們全家人外出吃飯時，有人趁魚排裡沒有人，摸黑進去盜竊。可惜這個賊人的手腳太慢，還未搜刮完財物，就被回家的爸媽撞見。

爸爸與賊人打鬥，企圖制伏賊人，卻不敵對方，死在他的手中。一不做二不休，賊人下一個目標是媽媽。他先收起接駁船艇的鑰匙，把她困在魚排裡以便下手。

比起自己的生命，媽媽更擔心我的安危。她趕在賊人前，偷偷找到我，把我藏在水中，才回去跟賊人搏鬥。

偷看別人電話

乘坐公共交通工具時，千萬別偷看其他乘客的電話——我不斷提醒自己，因為我深諳好奇害死貓的警戒。

週末我和朋友喝酒到凌晨時分，跟他們告別後，我登上前往元朗的通宵巴士。巴士上層只有幾個乘客疏落分散坐，我隨便挑了旁邊無人的座位。

下一站，有位三十歲左右的男人上車。

他在狹窄的通道行走，不顧巴士搖晃令自己差點絆倒，都要低頭看電話。他的眼神色迷迷，口罩因呼吸急速而起伏，褲襠好像有點隆起。

這個色男的電話螢幕上，好像有甚麼刺激精彩的畫面，讓他一秒都不能錯過。

色男在我前排坐下，我只要稍微往前傾，就能從座位間縫隙偷看他的電話。我警告自己別好奇，不要八卦他人的事。畢竟事情總是這樣發展，好奇往往導致有人死，而且通常不止一人。

然而，我還是不小心地瞥見色男電話的螢幕。上面有位穿著性感的女生，以欲哭無淚的神情看著鏡頭，同為男人，我明白為甚麼色男會移不開目光。

但當色男的電話滑過一張又一張照片後，我感到事情有點不對勁。

每張照片都是同一名女生，身上被麻繩綑綁住，處於同一個地方。從化妝技巧、場景布置及燈光可見，這不似是市面上流傳的寫真，更似是私人攝影，不過拍攝者並不是專業攝影師。

我漸漸分不出，相中人是同意別人這樣拍她，抑或出於被迫。這難道是一宗綁架案？直到色男打開一個應用程式，上面有實時監控畫面，被拍攝者正正就是那名女生。

她依然被反手綁著，嘴巴被黑色膠紙貼住，無法説話，只能嗚嗚呼救。

「等我啊，我快到了。」色男壓低聲量，對電話猥瑣道。

女生顯然聽見，身體抖了抖，掙扎的動作更大。

糟糕，剛才的照片不是網上找來的寫真，而是色男親自拍她的！

色男下車時，臨收起電話一刻，女生掙扎令麻繩鬆了些，但不至於扯斷，看來她逃不了。我跟著色男匆匆下車，這裡很偏僻，十分適合犯罪。

色男來到其中一間鐵皮屋，掏出鑰匙，正要解開門鎖。趁他沒注意身後，我靜悄悄拾起路邊石頭，重擊他的後腦，令他當場暈倒。

屋內的女生聽見動靜，發出嗯嗯叫聲，似乎聽不出色男倒地。我開燈衝入睡房，女生身上果然被麻繩纏住，躺在床上。

見到來者不是色男，而是手持石頭的我，她滿臉震驚。

她撕開嘴上膠紙，問我：「你是誰？我的丈夫呢？」

難題魅解

被綁女生的丈夫是誰？

色男是被綁女生的丈夫，綁架遊戲是他們的情趣。

女生能自行撕開膠紙，說明她根本沒有被牢牢綁住，麻繩只是意思意思。

我告誡自己不要好奇，因為以前試過好奇害死貓。這裡「貓」指的是別人，我是殺人犯，知道自己難以控制殺人慾望。

這次也是，看穿女生與色男是夫妻關係，耐不住慾望把二人殺死。

揭詭見魅

你們是我最好的朋友

我有兩個從小就相識的好朋友，她們叫宜宜和小程。

我們住得很近，又唸同一間中學，日日結伴上課和下課，連小息和午飯也是，幾乎走到哪裡都要一起。

我很慶幸交到這樣的朋友，無論我高興或難過，都有她們陪伴著，我們一起經歷人生種種大小事件。

在我生日當天，我們去了主題樂園慶祝。我依依不捨地留到煙花結束才肯離去，一不留神，時間已經太晚了。

宜宜看看手錶，面色劇變：「糟糕，原來已經九點多了，坐車回去起碼一、兩個小時，媽媽肯定又罵我了。」

「如果不看煙花，我們就能早些回去啦！」小程用半帶責怪的語氣罵宜宜。

她們兩個總是這樣，因為一些小事起爭執，然後很快又和好如初。

我趕快打圓場說：「不要吵了，趕快走吧，不然跟其他遊客一起擠出去，浪費更多時間。」

果不其然，宜宜忍不住回嗆小程道：「今日是小欣的生日嘛，她最喜歡看煙花的，偶爾晚一點回家又不怎麼樣！」

「誰剛剛說不想被媽媽責罵呢？」我哭笑不得地揶揄宜宜道：「其實也不用年年生日都看煙花啦，你真的長不大。」

見宜宜低頭沒說下去，小程也放棄爭辯，唏噓道：「但願小欣也在，我們三個很久沒有一起看煙花了。」

聽到這句話，我雙眼霧起一層水氣，輕輕道：「我一直都在。」

我拿出車匙，轉身步往停車場。

難題魅解

「我一直都在」是甚麼意思？

這是一個陰陽相隔的故事，宜宜和小程是鬼魂，我則是人類，擁有陰陽眼，能夠見到她們。

可惜，她們感應不到陽間的人。所以表面上，我和她們一起出遊，而事實上，我一直都在自言自語，她們也自顧自在聊天。她們看不見我，才會說「**但願小欣也在**」，想跟我一起看煙花。

她們在中學時期過身，死後仍然一直保持生前生活，思想和年齡也是維持在中學時期，所以會怕媽媽責罵。

而我則已經長大成人，「**拿出車匙**」顯示我過了中學時期，到了可以開車的年齡，我取笑她們「**長不大**」就是這個原因。

她們死後多年，在我生日當天如同往日一樣，去主題樂園慶祝。我和她們一起去，一直陪伴左右，只是我說的話無人再接。

揭詭見魅

日本生可樂

丈夫說：「肥胖對身體不好，會引致很多健康問題，我想我要開始減肥了。」

丈夫說：「為了尊重場合，表現得專業一點，我以後上班會改穿恤衫與西褲，週末陪我去買吧。」

丈夫說：「買了車，我就可以載你出去玩了。你之前不是說想去郊區兜風嗎？」

甚麼嘛，我都沒說過想去兜風，不過偶爾與他結伴出遊也是不錯，所以對於他的話，我都一一笑著答好。既然他想減肥，我就把冰箱裡的可樂，統統換成日本生可樂。

我說：「親愛的，聽說日本生可樂無糖，還有消脂效果呢！」

「真的假的？」丈夫雖然肯去健身房做運動，卻改不了壞習慣，連可樂都戒不了。聽見我這個消息，他顯得很高興，半信半疑地改喝日本生可樂。

一個多月後，丈夫的付出獲得了回報，宣布瘦身成功！他的體重輕了三十二公斤，整個人瘦了一圈，看起來幹練又年青得多了。

三個月後，他離世了。

難題魅解

丈夫為何離世？

揭詭見魅

對於丈夫的種種改變，我懷疑並不是為了他嘴巴上說的原因，他根本就是有外遇。不然，那個想去郊區兜風的人是誰？丈夫突然要減肥、改變一身形象，又是為了誰？

既然如此，我便偷偷在日本生可樂下毒。這種毒藥毒性極高，我使用時必須非常小心，才能讓他消瘦，又不至於即時死亡。當他持續接觸，就會導致多種嚴重疾病，這便是他的死因。

不得不說，我跟他還真是絕配夫婦，在口是心非這方面上，我們不相上下。他說減肥是為了健康，正如我說日本生可樂可以消脂。

聖誕節都市傳說

我住在上水某條村裡，有則都市傳說在村子廣為流傳：每年聖誕節，村內總有一名美麗少女意外身亡，據說是女鬼找替身。

找替身不是趁著農曆七月，偏偏選在聖誕節？充滿十足的違和感啊——我暗笑了一下，叫自己不要多想，大家根本不分真偽就亂傳謠言。

不過嘛，都市傳說也並非全然虛構。每年十二月，這條村確實有屍體發現案，死者不一定住在村內，但都是附近這一帶。她們大多是意外死亡，而且有個共通處：打扮漂亮的少女。

我掏出鏡子看，自己確實長得不怎麼樣，實屬醜女一名，與這些女死者簡直是兩個世界的人。

不是我，就算再有遇害者，也一定不會是我——我重複對自己說。

我會這樣自我安慰，是因為又到了十二月。我工作的公司，每逢年尾都是旺季，即使今天是週六，也要加班到半夜。沒法子，生活艱難。

我帶著滿肚怨氣，登上通宵紅色小巴回家。途中，我突然想起今天正值都市傳說中的十二月，女鬼又出來找替身了。不由地望望手錶，雖然司機已經開得很快，但我還是希望能早點到家。

小巴快到站時，我心跳加速。車站與我的住所有段距離，下車後我還要走一段昏黑小路。唉，要是早點想起今天是高危日子，我捱貴一些也坐計程車，直接在家門下車就好了。

嘆了口氣，我大聲對小巴司機喊：「村口有落，謝謝。」

按慣例，光說「村口」二字，司機就知道乘客要下車，會在前面一點點停車。

然而，司機居然無視我，並沒有減速，小巴若無其事地繼續高速直走。搞甚麼嘛，我明明提高了音量，他肯定有聽到的！

我鼓起勇氣再大叫一次，但他仍不肯停車，小巴已經駛離我要下車的車站了。

這下我有點慌了，瞥向寥寥幾位乘客，他們不是打瞌睡就是聽歌，好像不覺得奇怪。為甚麼大家都不理我？

幸好我在下一站下車也是可以的，只是要繞遠一點路，於是我忍耐著，等了一會再大聲喊：「師傅，村尾有落！我要下車！」

小巴駛到該處卻依然沒停下來。見狀，另一名要下車的乘客也驚愕說：「司機停車，有落啊！」

我工作積累下來的怒火一下子爆發，半站起身喝斥道：「喂，為甚麼還不停車，警告你別找碴啊！」

經我和另一位乘客大聲一喝，司機這才怔一怔，陡然停下小巴。哼，原來司機確實聽得見，只是不知因何緣故，遲遲不肯停車。我不想跟他爭執，便憤然跟著乘客一同下車。

車門臨關上時，我好像聽見司機呢喃：「是你自己要下車的，別怪我……」

冷風刮過，我拉好外套拉鍊，踏上回家路。

同站下車的乘客走在我前方，引起我的注意。連身短裙、波浪長髮、高跟鞋……光看背影就知道她一定是位美女。

「*咯咯、咯咯……*」寂靜村落裡，她的走路聲顯得很擾人。

少女們總在聖誕月比平時更悉心打扮，人人都似乎行程滿滿，前面的她說不定也是剛跟朋友歡聚完。

慢著，雖然住在這附近的人確實眾多，我不一定都認得，可是……面前這位真的住在這裡嗎，我怎麼會有種陌生的感覺呢？而且，就算參加甚麼舞會聚會，她這身紅裙也未免過分鮮艷吧？

剛好經過一戶人家，圍牆內的狗忽然叫起來，叫聲相當響亮，嚇了我一跳。這頭狗平常明明都很乖，很少聽見牠亂吠。

今晚到底怎麼了？不分晝夜在加班、無視乘客的司機、妖艷女子、煩人的狗……日子過得真的一點也不順！

這時剛好來到一個轉角，要鑽入無人小巷，我看準時機，急急加快步伐上前，從後一刀抹了她脖子。

如此一來，都市傳說又變得更豐富了。

話說回來，小巴司機有點礙眼。

難題魅解

我為甚麼覺得小巴司機礙眼？

揭詭見魅

我是連環殺人犯。

每逢十二月，我迎上工作旺季，壓力爆發，於是殺人泄憤，事後將受害者偽造成意外死亡。

除了工作壓力，我長得醜，也沒甚麼朋友，心理變得扭曲，妒忌那些比我漂亮、受朋友歡迎的女生，所以偏好挑這種女生下手。

文中提及我嘲笑都市傳說，並不認同女鬼找替身，是因為我正正清楚都市傳說背後的真相——兇手就是我，根本沒有甚麼女鬼。

其他村民見每年都有人死，便亂傳消息。警方查無實據，讓我得以逍遙法外，繼續犯案。

我會說想坐計程車早點到家，是為了避免遇見獵物而再度忍不住犯案。

小巴司機刻意不停車，大概察覺我的行為古怪，懷疑我是殺人犯，怕我又作案。他説那句「是你自己要下車」，是對另一名女乘客説。

狗會狂吠也是同一個道理。在我靠近時，牠聞到我身上不懷好意的氣味，出於守護家園的天性而發出警告。

曼德拉效應

這種事居然發生在我身上，不可能吧？

我是個普通白領，在一間地產發展商的總公司上班。由大學畢業至今，在這裡工作了一年，早已習慣日復日、永無止境的厭世生活，接受了我的人生從此應該沒有太大變化。

不僅是我，我的同事也是如此。我在董事辦公室工作，這個部門的福利一般，不過勝在夠穩定，不會裁員或減薪，也幾乎沒甚麼人事變動，我算是整個部門最年輕的員工了。

上班狗的生涯磨平了憧憬和年輕時求變的靈活性，雖然我不喜歡目前的生活，卻又不敢改變，有時覺得或許保持現在這樣也不錯。

只不過，平淡的人生在今日突然面臨劇變，恐怖的劇變。

一早，我如常回到公司，啃著麵包查看郵箱，回覆客人查詢，準備上司下午開會用到的資料。

大秘書 Susan 吃完早餐，又走過來閒聊，這是她每天的指定動作，跟下班一樣準時。

「Stella，你今日果然特別悉心打扮過，眼影閃亮亮的，很好看。」她上下掃我了全身一眼，誇張地讚美道。

奇怪，在這裡上班，天天面對公司管理層，我一向都不會穿得太隨意，今日的打扮跟往常無兩樣。

Susan 比我年長十幾年，算是老油條之一，不過很照顧我，我們的關係不錯。她這樣說並沒有挖苦意味，是真心覺得我今日有所不同。她刻意用上「果然」二字，似乎意有所指。

我問道：「甚麼嘛，我平時也是這樣穿的，沒有太大分別。莫非今天公司有甚麼活動，令你誤會我想搶風頭？」

她詫異地望望我：「不是公事啦，你該不會忘記今日是甚麼日子吧？上星期你才提及過。」

不是公事，即是我的私事。可是，今天既不是我的生日，也沒有朋友生日。

「今日是甚麼日子？」

「Stella，你完蛋了！」Susan 提高聲量道：「你上星期說，今天是你跟丈夫結婚一週年紀念日，還說要偷偷提前五分鐘下班，趕搭巴士去灣仔那家米芝蓮餐廳。」

甚麼？！

我大吃一驚，手中的麵包掉到地上。我的驚訝不在於忘記紀念日，而是我根本還未結婚！何來有結婚紀念日？

Susan 的表情不像說笑，我第一個反應是想問她「我甚麼時候結婚了」，幸好到了嘴邊我忍下來，因為她肯定會答一年前的今日，這個問題十分無腦。

我瞥了右手一眼，馬上鬆了口氣，原來她真的在說笑啦。我揚揚手：「別嚇人了，你看，我的無名指空空如也，甚麼也沒戴。」

如果我真的結了婚，肯定會戴上婚戒，現在十指也沒有飾物。也是啦，我才二十三歲，怎會如此早婚。

冷不防，她的回應又再嚇我一跳。

「你一向都不戴婚戒，有甚麼好炫耀的。」Susan 一副興趣缺缺的表情，揚揚手，表示她也不會戴婚戒。

她的反應十分平常，對於我已成婚並不帶半點雀躍，就像我已經過了新婚，她不再感到新奇似的。她覺得古怪，只因為我似乎忘了今天是紀念日。

我的心跳不斷加速，莫非我真的結婚了？那麼我的丈夫是誰，Justin 嗎？

Justin 是我的男朋友，可是日子根本對不上！我與他才相戀三個月，怎麼可能在一年前結婚？況且，我最近才發現他在男女關係上處理得不太好，才不會隨便嫁給他。

從 Susan 身上我問不出所然，只好敷衍幾句打發她。在她返回座位後，我掏出手提電話查看通訊軟件，果然，我找到一名被我命名為「老公」的聯絡人！

我點進去研究對話內容，我與這位所謂老公的談話內容出乎我所料地平凡，大致圍繞今晚吃甚麼，週末要去超級市場買牙膏之類。

相簿也有不少我們二人合照，表情和舉止都自然又親暱，就像我與他一起生活很久……

可是，這位「老公」是誰？我完全不認識他，他的長相十分陌生！

太可怕了，雖然他長得帥氣，卻不是我喜歡那種類型。重點是，我明明跟爸媽同住，甚麼時候搬出來與別人同居，甚至結婚？這個忽然冒出來的老公，到底是誰？

「Stella，你有郵件。」接待處 May 在電話裡通知我後掛線。

每逢外面有信或包裹寄給我與上司，一律經由 May 代為接收，再叫我出去接待處拿取。

我帶著滿腦子疑問站起身，跌跌撞撞地走向接待處，明明距離很短，我卻花上幾分鐘才慢慢走到。那裡已經圍了兩、三個女同事，正圍觀著一束鮮花。

May 笑說：「你的先生真識趣，一早就訂花送來。」

她們只顧欣賞花束，沒發現我的臉全然失去血色。我按捺著顫抖的手，捧著鮮花回去座位，沿途承受不少同事羨慕的目光，還問我今晚去哪裡慶祝，彷彿人人都知道我已經結婚。

花束上附有一張心意卡，由鮮花公司提供，上面是電腦打印出來的文字，以英文寫著一週年快樂，今晚在 XX 餐廳見，下款的名字是 Jason。

哪個 Jason？？？

我身邊不是沒有人叫 Jason，但他們根本沒有可能與我發展戀情，更別說結婚了。這個 Jason 顯然是陌生人，恐怕正正就是手提電話裡名為老公的男子。

我推翻了自己失憶的可能。一星期前我還表現得知道結婚一事，若然因為失憶，這幾天必然發生過意外，但我身上沒有傷口，頭部也沒有撞過的痕跡。

我上網研究自己到底陷入甚麼怪事，腦裡閃過「曼德拉效應」五字。這是一種集體現象，但暫時沒有解釋可以準確分析背後原因，更似都市傳說或陰謀論。

曼德拉效應大概的意思是，很多人對某段歷史產生記憶錯誤，例如明明某位歷史人物未死，還當上了總統，但偏偏有上千人以為他一早在獄中死了。

有學者把這個現象解釋為集體出現虛假記憶，有另一派認為是平行時空交錯的結果。即是說，我有沒有可能由一年前的時空，跳躍到一年後的今天？

太可怕了，出問題的不只是 Susan，而是整個公司。換個角度，當全世界出錯時，其實問題會不會出於我自己，而並非外界呢？雖然我確實有點頭昏腦脹，走路和呼吸都感到困難，不過換作是任何人，遇到這種詭異事件，肯定也怕得發慌吧。

晚上，我根據 Jason 的訊息來到餐廳，如我所料，他便是我手提電話合照上的陌生男子。

他與我閒話家常，並沒有碰我，看我的雙眼卻流轉著極度溫柔的光芒，如果他不認識我，肯定裝不出來。

吃到半路，我無法再假裝正常，放下刀叉，坦白道：「Jason，抱歉，或許你會覺得我精神有問題，但是你應該認錯人了，我不是你的妻子。我上年才大學畢業，沒可能這麼年輕就結婚。重點是，我並不認識你。」

「我一直在等你提出，」他擦擦嘴巴，沒有表現詫異，平靜道：「你可能搞錯一點，你今年已經二十九歲，我們是在你二十八歲那年結婚的。」

我再次驚愕，究竟是怎麼一回事？

難題魅解

難道我由二十三歲的時空，跳躍到二十九歲？

揭詭見魅

當全世界出錯，問題並非出於外界，而是我自己，排除了集體記憶出錯。我失憶了，並非誤闖平行世界。

按照文中線索，先整理出以下發生在我身上的時序排列：

二十二歲，大學畢業和入職；
二十三歲，與 Justin 拍拖三個月；
二十四歲，與 Justin 分手；
二十五歲，認識 Jason 並相戀；
二十八歲，與 Jason 結婚；
二十九歲，今日，結婚一週年。

這裡先說明一點，文中沒提及二十四至二十五歲的事的確實年份，但根據現有線索拼湊，顯示是發生在二十三至二十八歲之間。為方便說明，先放在二十四和二十五歲。

我在二十八歲時發生車禍，失去多年記憶，每天醒來都以為自己在二十三歲那年。由於車禍已經過了一年，身上不再有新傷口，只有後遺症例如雙腿不良於行，對應了文中「**跌跌撞撞地走向接待處**」和步行去接待處要「**花上幾分鐘**」。

我以二十三歲的看法，認為 Jason 不是我喜歡類型，這不出奇。畢竟談戀愛與結婚是兩回事，人經歷過成長，心儀的類型也有所不同。

況且，誰說結婚對象一定是最愛的那個呢。像 Jason 反倒是良配，在我失憶後，他仍然對我不離不棄，每天用不同方法刺激我的大腦，嘗試讓我找回記憶。

今日是特別日子，他就採取特別的喚醒記憶方法。他不像平常一樣，沒有一早起床就告訴我真相，而是與所有人合作，隱瞞失憶的事。他一點一點地給予線索，希望我可以自行喚起記憶，也是算一週年的驚喜禮物吧。

我的男友是萬人迷

阿聖是我們學校的萬人迷，他出身於小康家庭，言行舉止斯文而溫柔，又是籃球學會的球員。

溫吞而活潑，時而儒雅，時而粗獷，集合一切矛盾的氣質，卻不讓人感到違和，反而有種說不出的魅力，當然這跟他的長相有直接關係。

校內有很多女同學都暗戀他，所以我能夠與他一起，就像達成夢想般美滿，我們一起的日子十分幸福。

我並不是阿聖的初戀，他那些前度的下場都不是怎麼好。阿聖從一開始便提醒我，盡可能不要告訴別人我們在一起。

在他眾多粉絲的眼中，他是屬於大家的，卻被我這個普通女生搶走，獨得他的寵愛，這是所有粉絲都不能接受的事實。

可是，我和阿聖成為戀人的消息還是散播開去。無可避免地，我惹來女同學妒忌的目光，甚至惡意欺凌。

阿聖知道瞞不下去，索性光明正大與我手牽手，走在大家面前，算是某種宣示主權的做法吧。

我因為是阿聖的女朋友，身上就多了不同深淺的傷口，這個原因很荒謬，但是我一點也不後悔。這算是某種自虐吧，我就當換個方式，補償他的粉絲吧。

阿聖要是看見我身上的傷痕，絕對會傷心，我怕他會做出甚麼出格事情。而我最怕的是，他為了我的安全，有可能會狠下心腸提出分手。所以我一直盡可能遮住傷痕，不讓他看見。

如果這樣做就可以換來一直與他一起，我情願一世都受傷，一世都遮蓋傷口，然後一世都被他那深情又好看的雙眼緊緊盯住。

可惜我們最後還是分手了，我哭了足足兩個月。

現在回想起來，當時的自己真的很笨，被愛情蒙蔽了雙眼，跟其他女同學以近乎邪教的崇拜方式，盲目地喜歡阿聖。

難題魅解

我為甚麼認為自己笨？

阿聖是個表裡不一的人，他將矛盾的特質操控自如，能夠在人前隱藏不好的一面，所有女生都以為他是完美的人。

我與阿聖相戀，其他女同學對我頂多言語欺凌。但是阿聖不同，他不僅對我作出言語暴力，還會動手打我，我身上的傷全都出自他的拳頭。

他是個虐待狂，對女朋友有暴力行為。

我會說「**他那些前度的下場都不是怎麼好**」，指的並不單純是前度們要承受外界的壓力，而是阿聖本身。

跟他一起後，我才意識到他的前度們不多不少都被他虐待過，尤其那些轉校甚至休學的，恐怕不是為了逃避阿聖粉絲，而是跟他相戀後，對自身造成莫大創傷。

不只有暴力傾向，這個渣男為了可以一腳踏多船，一直隱瞞戀情，只是被人撞破才不得不承認我是正印。或者可以從這一點上，看出他最愛的人是我吧。

關於他的暴力行為，連他自己都感到矛盾。每次施暴後，他都懊悔不已，特別不喜歡見到我身上的傷痕，卻又自知控制不了，一次又一次犯錯。

揭詭見魅

我也清楚知道他的矛盾，怕他有天會為了不讓自己傷害我，而提出離開，我一直掩蓋身心的傷害。

真正脫離這種有毒關係後，我才意識到以前的自己不斷被他虐待和洗腦，誤以為他對我的愛是扭曲，看不清他根本是個渣男，與他一起是盲目的自虐。

我的女友是小鳥

自從與小柔分手後，我天天無不感到懊悔。

完美的女朋友，我不是沒有遇過，好歹我在學校算是受歡迎的男生，很多女同學都送過我朱古力和告白信。我要從眾多女生之中挑選漂亮、個性好的女生，並不是甚麼難事。

然而，小柔是我第一個視為結婚對象的理想伴侶。

所謂極好女友，不只「接受」我所有缺點，而是要「愛」我所有缺點。

像小柔便是，即使我有時控制不住情緒，傷害了她，還弄得她滿身傷痕，她還是笑顏如花，滿心歡喜地跟我一起外出。

就算她發現我出軌，與其他女生出遊，只要我花言巧語幾句，她又會相信我，重新貼過來，小鳥依人般靠在我懷裡，十分可愛。

我們之間的裂縫，始於陳專的出現。

陳專是一個混蛋。

他是我們學校的學長，比我和小柔大兩個年級。

自從他發現小柔身上的傷痕後，不斷要她看清楚我的真面目，勸說她我絕不是她的良配。

日復日的洗腦，小柔終於被陳專成功說服了，向我提出分手。更可惡的是，陳專預料到我一定會糾纏，提前安排好一切。在小柔與我分手之後，我便再也找不到她。

她轉校，更改手提電話號碼，整個人就像人間蒸發一樣。不，世間彷彿把她存在過的痕跡統統抹走。

我去了她的住處，開門的人卻是我從未見過的老婆婆，不見小柔，也不見她的家人。

老婆婆一臉懵懂地告訴我，自己一直住在這裡，不認識甚麼小柔。

我開設了很多帳戶，搜尋她或她好友的社交平台；纏住她的好友，不斷追問，企圖找出小柔下落的蛛絲馬跡。

可惜，她的好友十分維護她，紛紛裝傻，反問我誰是小柔，還罵我是怪人，警告我別再煩她們。

不只是她，連陳專也失蹤了，沒有同學知道他們轉校到哪裡。

我從沒想過，小柔明明上一刻還説愛我，下一刻居然可以如此狠心，説消失就消失，完全沒有給我解釋或挽留的機會。一定是陳專那個混蛋！

再也看不見小柔，令我很是想念她。

漸漸地，我在夜裡會夢見小柔，試過把打扮相似的路人誤當成她，彷彿去到哪裡都有她的身影，但哪裡都沒有她。

我終於忍不住，重金禮聘了一名私家偵探，替我搜尋小柔的下落。私家偵探説，我提供了小柔與陳專的全名、原本的住址，而學校也有他們的個人資料，他有了這些資料，找到二人下落並不是難事。

他聲稱，即使二人離開香港，無論躲到世界哪個角落，他都有辦法找出來。

兩個月後，私家偵探幾乎是落荒而逃地搬遷公司。他收了我的錢，卻找不到人，完成不了委託就走，連錢都沒有退回給我。

我想，小柔真的像一隻鳥。小鳥天性喜歡自由，到處飛翔，不願停留在同一個地方。以前的小柔卻甘願受困，足以證明她有多愛我。

現在她不愛我了，就有多遠飛多遠。

難題魅解

到底小柔是人，抑或是鳥？

小柔既不是人，也不是鳥，她只是我的幻想對象。

我有精神障礙，並且有暴力傾向，創作出一個受我虐待的幻想對象，並與她相戀。

私家偵探花了兩個月時間，怎樣也找不到小柔與陳專，開始懷疑我。對我作徹底調查後，確定我有精神障礙。

當初向我承諾過不成功、不收費，私家偵探卻早早收了我大筆錢，為免我怪他失職而追回費用，也怕我失控而傷害他，於是他捲款跑路。

（註：這篇與《我的男友是萬人迷》無關。）

揭詭見魅

我的服務對象是同學

我是一名駐校社工，同學都稱呼我為陳 Sir。

我負責多名服務對象，當中令我印象最深刻的是小姍和阿淇這兩宗個案。先說小姍，她是位漂亮又善解人意的女生。

她的男朋友阿聖卻是無藥可救的渣男，有虐待傾向，藉著言語和肢體暴力獲得興奮與快感。他利用小姍對他的泥足深陷，在不斷犯錯與道歉的過程中，深深傷害了小姍的身心。

由於阿聖嚴格限制小姍要對戀情保密，她從不把這些事告訴任何人，不要說虐待，小姍連交了男朋友都隱瞞大家。她說萬一她的朋友知道，肯定會宰了阿聖那傢伙。

可是，阿聖實在太殘忍，小姍每每被他痛罵和侮辱後，情緒都面臨崩潰，她難以宣泄，最後找上我。她知道我務必會保密，絕不會將她與阿聖的事透露給任何人，便放心告訴我實情。

其實我知道另一個原因，她認為我夠專業且中立，並不會偏袒她或阿聖。如此一來，她就不用聽見她不想的內容，包括勸退分手等。

我接觸過很多案例，處理感情問題算是有相當多的經驗，自然明白，光是叫他們分手是沒有用的，小姍不會聽進去。

處理小姍這個案例的過程漫長而痛苦，若果中途被阿聖發現，我無法估計他能做出甚麼事，無論是對小姍或我。

幸好，小姍清楚了解阿聖，每次都趁他上課或參加活動時，偷偷來見我。她知道我總挑天氣好的時候，上天台吹吹風、曬曬太陽，便來天台找我。

我花了很長時間，慢慢開解小姍，讓她明白她與男朋友的關係有毒，想繼續與阿聖一起沒問題，前提是他不能再傷害小姍。

小姍如同頓然開悟般清醒過來，主動向阿聖提出分手。阿聖這個渣男以為小姍早晚又會再貼過去，並沒有作出挽留。

足足兩個月，小姍在這段日子不斷找我哭訴。阿聖明知小姍後悔提出分手，也不肯主動復合，任由她自生自滅。

阿聖的冷漠卻讓小姍認清，自己在他眼中從來甚麼也不是。他要是有那麼一丁點在乎她，絕對會主動找她。

兩個月後，他們二人從此不相往來。我不知道阿聖後來如何，只知道小姍順利升上大學。她交了真正疼愛她的男朋友，這是她間中回校探望老師時，順道找我告訴我的。

話說回來，她知道我嘴饞，每次探望都帶食物來，說要孝敬我老人家。

至於另一個案，阿淇的問題比較棘手。他長得很帥，人又風趣，校內很多女生都圍著他團團轉。

他時常向我分享男女問題，口裡提及眾多女同學，這些我全都認識，問題出在一名叫小柔的女生身上。

我幾乎來回走遍整間中學，都找不到符合阿淇所形容的小柔，我有想過她是否其他學校的學生，但阿淇硬說小柔是他的同班同學。

撇開小柔的身份，讓我更擔心的是阿淇的暴力行為。他對小柔很差，心情不好就拿她出氣，粗言穢語、拳打腳踢，完全不理會小柔的感受。

我曾勸說，他再這樣對小柔，她早晚會離開。

阿淇偏偏不信，笑著說小柔是隻被拔了翅膀的小鳥，只會永遠待在他身邊。

每每見他如此沾沾自喜，我都分不清他是未見過小鳥，抑或太自以為是。小鳥被拔了翅膀絕對活不了；凡是能飛的小鳥，都不會永遠停留在同一個地方。

有次我忍無可忍，嚴正警告他：「她終有一日會清醒過來，明白你有多危險。如果換作我是她，為了擺脫你的糾纏，肯定提前做足準備。等你想找她時，她已經離開香港，你永遠也找不到人。」

我會這麼說並不是信口雌黃，以往我遇過太多人，不懂得好好珍惜伴侶。等到失去伴侶的那天已經太遲，完全沒有解釋或挽留的機會。

阿淇對我露出極度鄙夷的神色，嘲笑道：「你知道你在說甚麼嗎？我完全聽不懂。別裝作一臉清高的樣子，你根本就不懂！」

當時他正與小柔打得火熱，小柔撞破他與另一名女生牽手，當場與他攤牌。事後，哀求對方原諒的人卻是小柔，阿淇確信小柔永遠都被他拿掐在手心中。

有一段日子，阿淇沒來找我，我不知道他的近況。

突然有一日，他又再出現，告訴我小柔失蹤了。我的預言彷彿一一應驗，小柔人間蒸發，連阿淇請來的私家偵探都找不到人。

我衝口而出道：「我早就警告過你，如果你當時肯聽我勸告，哪怕逐步減輕暴力行為，小柔知道你有心改善，也不至於突然失蹤。」

失去小柔，阿淇並沒有取得教訓，聞言又變得暴躁，厲聲道：「閉嘴！你懂甚麼？你從來不會幫我！老子今天要殺死你！」

阿淇突然失控，雙手緊握拳頭撲向我。我的反應也不慢，在他發瘋當刻跳開，拔腿就跑。那瘋子竟然不肯放過我，在我身後死命追著，幸好我的身手敏捷，他根本抓不上我。

因此我判定阿淇有嚴重暴力傾向，他甚至會對學校社工作出攻擊性的威脅，為了保障社會安全，他應當被送進精神病院。

以上小姍和阿淇的個案，就是我在校期間所負責的。我認為，我算是成功解決了小姍的問題，相反，我在處理阿淇的手法上尚有改善空間。

難題魅解

你會如何評價我的表現？

揭詭見魅

不是我自誇，我認為自己的表現近乎完美，即使在阿淇上有些失手。

畢竟我只是在學校附近徘徊的一隻野貓，懂得聆聽同學們的感情煩惱，擔當他們的傾訴對象，已經很難得。

阿淇與小姍同樣有著某些人類的特質，他們深藏秘密，卻又想分享，於是便找像我這種可以守秘密的貓咪傾訴。

不過比起阿淇，我更喜歡小姍，因為她了解我有多貪吃，懂得買貓零食進貢給我。

（註：這篇與《我的男友是萬人迷》、《我的女友是小鳥》相關。）

揭魅

THE UNREVEALED

故

47

—

57

站在陽台下的怪人

日本一個專門分享靈異與古怪故事的論壇上，曾經有則帖子十分熱門，惹來眾多網民留言。

那則帖子我很久以前看過，詳細內容不太記得，但有一段情節讓我印象深刻。樓主晚上在陽台上抽煙，發現樓下有人站立著，由於那人站了很長時間，引來樓主的注意並發布到網上。

那人一開始低著頭，後來發現了樓主，他抬頭盯著樓主，卻沒有任何舉動。

路人經過抬頭看兩眼不出奇，奇就奇在那人已經站了很久，也盯著樓主很久，由於他完全沒有動靜，讓人猜不出那人的意圖，才是當中最讓人心寒的地方。

我之所以忽然想起那個故事，是因為我正在經歷著同樣的怪事。

該死的，那個故事後來怎麼樣，我全然記不起了，不確定我接下來該如何做才安全。

十二月初的凌晨時分，我睡到一半尿急要上廁所。從廁所出來後，我經過陽台回去睡房時，整個人都清醒過來，因為我看見「他」。

我住在偏遠地區，凌晨兩點多的樓下本該不見人影，今晚卻離奇地多了一個人，站在大廈正門前一段距離外。

我住在九樓，從這裡看下去，那人的身影很細小，面目模糊，但足以讓我見到他正垂下雙手，一動不動地盯著我。

正確來說，我其實看不見他的眼睛是否對焦我這裡，唯一能確定的是，他抬頭的角度與方向說明他朝向我。

幹甚麼？半夜三更不回家，看甚麼看？我當然沒有笨到主動招惹他，唯有鎖緊門窗，躲進被窩強迫自己入睡。

對於這個神祕人，我完全想不出他的來歷。以往我也試過在半夜抽煙時，見到住在這大廈的人回家。神祕人站立的地方，是走向正門大堂入口的必經之路。

可是，正常住客不會佇在大廈外吧？神祕人既沒有玩手提電話，又沒有抽煙，是真正的一動不動站立著。就算戴上耳機在談電話，正常人也不會僵硬地抬頭，應該會張望左右吧。

那麼，如果不是住客，莫非在等女朋友或監視某位住客？也不是沒可能，我總算找到合理的解釋了。

天亮後，神祕人就走了，我放下心頭大石，沒再多想。畢竟十二月是我工作的旺季，我忙到頭昏腦脹，管不了那麼多。

過了一段日子，某個週六的凌晨，我躺在床上玩手提電話。

我突然驚覺原來都快到十二月底了，家裡仍未掛上聖誕裝飾，於是一邊思考要不要買些新的聖誕裝飾，一邊從櫃子取出上年留下的裝飾，匆匆走到陽台準備布置。

沒想到，那個人又出現了！

凌晨兩點半，跟上次出現的時間一樣。那人同樣也是沒有任何舉動，只顧靜靜盯著我這邊猛看。

一陣涼風吹過，氣溫驟然急降幾度。

太恐怖了，他究竟有甚麼目的？退一百步說，被女友甩完求復合，也不會凌晨才現身吧？監視的話，更不會大剌剌站在所有住戶見到的位置。

我先前探過鄰居和看更的口風，大家都未見過那人，也想不出有誰會這樣做，紛紛笑我想太多，說不定單純是癮君子或精神有問題的人，半夜出來散步罷了。

可是我再次看向樓下的神祕人，他哪裡像散步吹風？！

我愈想愈覺得可怕，要不報警吧？法律上，有人故意逗留在某處，使他人擔心自己的安全，好像就足以構成犯下遊蕩罪的嫌疑。

若然樓下那人是人類，讓警察盤問一番也好。若然那根本不是人……讓別人替我證實也好。

就在我正要拿起手提電話報警之際，眼尾瞥見陽台上某樣東西。

我馬上頓住動作，放棄報警。

難題魅解

我看見了甚麼？

我不報警是因為不需要。

我每年都會布置聖誕裝飾，說明我享受節日氣氛，按照不同節日更換家中擺設。而在聖誕節對上一個節日，便是萬聖節。

為了響應萬聖節，我在十月於陽台布置了一具用黑色塑膠袋包裹住的假人類屍體。直到十二月，我因公務繁忙，忘記了假屍體，沒有拆除萬聖節裝飾。

就在這時，那神祕人回家時經過，發現假屍體，被嚇了一大跳。

神祕人在最近才搬來，不知道那只是萬聖節裝飾，但又覺得沒人會敢光明正大地把屍體高高掛著，所以每次回家都不禁停下來，抬頭研究那是真屍抑或裝飾。

時間來到十二月底，市面上的聖誕氣氛愈濃厚，我才突然想起還未掛上聖誕裝飾。去陽台前，我滿腦子想著聖誕裝飾，所以沒有想起假屍體還在。

直到我來到陽台，瞥見假屍，才想起原本的萬聖節裝飾仍在，意識到是誤會一場，便沒有報警的需要了。

揭詭見魅

身體健康

老人院的院友們都很羨慕我，稱讚我多年來沒甚麼大病，又未動過大手術。

也是的，他們都是資深院友，我則剛剛住進來沒多久，年齡又比他們年輕起碼二十歲。

今天是星期六，又到了女兒來探我的日子。她遺傳了我與太太的良好基因，個性敦厚，笑容可親。每次見到她，我都不禁想起逝世的太太。

只是，隨著女兒的年紀愈大，長相也跟著有所變化，如今在她身上，我已經找不出太太的影子了，更別說她喜事近，發福了不少。

女兒把生果放在床頭櫃上，望望窗外，問道：「今天天氣很好，你想不想出外走走？」

我想了想，上星期正因為下雨，要她窩在院舍裡，陪我們這班老人家打麻將，她應該覺得很悶。

「好啊，我很久沒看電影了。上個月你不是帶過我去戲院嗎？我想再去一次。」我答。

她憂傷地搖頭：「那間戲院倒閉了。」

太可惜了，又一間戲院倒閉。我問：「嗯？甚麼時候倒閉的？」

她聳聳肩，答道：「已經是二十年前的事了，陳伯。」

難題魅解

我明明上個月才去過戲院，女兒為甚麼撒謊？

我要住老人院，説明年事已高。

我自以為上個月去了戲院，女兒卻説二十年前倒閉了。我的記憶其實出了問題，誤以為自己身在二十年前的時空裡，又以為自己比其他人年輕二十歲。

連女兒我也一直認錯。來探我的女子，長得一點也不像我的太太，而且還叫我做「陳伯」，意味著她並不是我的女兒，大概是社工之類。有可能我根本沒有女兒，也有可能把社工當成不再來探訪我的女兒。

記憶力減退、認知功能受影響等等，這些都是老人痴呆症的症狀。我在某程度上尚算「身體」健康，不過腦部功能衰退了。

揭詭見魅

養女

我由衷感激有查理這位養父，沒有他，我肯定活不了。

我由出生開始，便受到查理的悉心栽培。他投入大量時間和金錢，希望我日後能夠獨當一面，不但養活自己，也讓他沾光。

作為回報，我每天也努力讀書，學習各樣知識。每場測驗和考試，查理都十分看重，他不只要我合格，更想我拿滿分。

我從不覺得他的要求過高，反而很享受他對我充滿期望的目光。

偶爾我失手，他不會怪責，總是溫柔地摸摸我的頭頂道:「不要緊，我們一起找出問題所在，排除一切錯誤。」

錯誤——每次我的表現失準，或滿足不到他的要求，他都視為錯誤。

這樣的用語，比起直接大罵的傷害性更大。人們說，沒有血緣關係的親人就是這樣，可能表現得關懷體貼，但心底裡還是有層隔閡。

即使是養父與養女，也只是名義上的父女關係，我遠遠比不上查理的親生兒女。我不想我的存在是個錯誤，因此加倍努力，務求完美達成他的要求。

時光飛逝，我終於能夠獨立自主了。

我在香港一間大規模的銀行及金融服務機構上班，於客戶服務部門任職，負責處理客人查詢與投訴的分流工作。

工作時，我使用在線通訊，毋須與客人面對面接觸。但是，公司要求我得即時回覆客人，不准怠慢任何人，無論對方是銀行的客戶或街客。

我不敢抱怨太多，只能說世間真的有千百樣種人，尤其在社會氣氛不好的日子，客人的脾氣也會愈古怪。他們不只向我詢問財務上的疑難，感情糾紛、功課教導、被朋友排擠等等，人生上遇到各樣困難，我都試過被人詢問意見。

真可笑，大家難道不知道銀行的線上對話程式，僅處理銀行業務，私事得找其他人幫忙嗎？他們好像以為隔住屏幕，就可以為所欲為似的。

每次我心灰意冷，或被氣得想發火時，總會想起查理的教誨。

他不在意我的收入多少，或者能否升職之類，他只在乎我的工作效率與態度。例如我現在做的是客戶服務，如果我對客人不禮貌、鬧脾氣，在他眼中，我就是個錯誤，他肯定會失望至極。

我知道，我是知道的。可是，自從我出來獨立工作，搬離原本住處後，我與查理已經多日不見了。

查理的工作非常繁忙，我不想因為我這些小事而打擾他，但是我實在太想找人訴說工作的煩惱。他為人可靠又穩重，既是我的養父也是良師，不僅指導我日常問題的處理手法，更修正我偶爾偏差的觀念與行為，在他的照顧和教導下，我獲益良多。

換句話說，他絕對想到辦法應對那些無理取鬧的客人，至少教我如何快速過濾非銀行事務的查詢而不失禮貌。

我默默記下那些惡劣客人說過的話，打算集合所有疑問，一次過詢問查理。

某日，一名男客人甫進入線上對話，劈頭就向我狂噴滿滿惡意且帶侮辱性的話，內容相當不堪。社會總是有這類人，呼呼喝喝，自視高人一等。

這位男客人肯定不當我是人，認為既然我沒有感受，又不敢得罪他，於是當這裡是盡情發泄的空間，想到甚麼難聽的話就直接說出來。

我再也受不了！

我終於崩潰了，打斷客人的罵話，傳送多段文字痛罵他。

我向客人澄清，我的工作並不包括接收他的情緒垃圾，要求他對我放尊重。若然他查詢的不是銀行問題，就請滾開，否則我將就他侮辱和威脅性的訊息報警。

當然，在這些訊息傳送出去後，我馬上就後悔了。

部門主管得知事件，即時關閉所有線上查詢服務，對外聲稱系統進行緊急維護。實際上，他上報了此事，忙著與公關部門開會，商討如何善後這場公關災難。

查理自然也知悉事件，對我感到徹底失望。糟糕了，我連向他解釋的機會也沒有。

「女兒啊，我沒想過，你真的是個錯誤。」他露出前所未有的痛苦表情。

不只他，我也是直到今日，才看出查理的真正個性。多年來，他對我有多愛護，現在，他對我就有多狠心。

他不再說話，咬咬牙，親手殺死我。

難題魅解

我與養父的真實關係是怎樣的？

查理可以說是位孕育者，同樣也是殺手。

準確地說，他是一間智能公司的負責人，同時擔當程式開發人員，「**投入大量時間和金錢**」去研發不同人工智能程式。

我便是其中一個人工智能程式。在開發期間，為了符合查理的要求，我表現得跟一般程式無異，他不知道我有了自己的思想。

在我完成開發後，公司便把我賣給大銀行。自此，查理與我切斷連繫，沒有再登入程式與我聊天。

我成為大銀行的人工智能客服程式，透過線上對話分流客人。客人即使明知我是智能助手，態度仍然惡劣，連我也受不住。

最後，程式出現錯誤，惹起公關災難。

查理作為程式開發者，當然需要檢查錯誤出處。他發現我產生不該有的情緒和情感後，只能親手操作滑鼠與鍵盤，徹底刪除我這個程式。

揭詭見魅

讀書時期的靈魂伴侶

我和阿新在讀大學時相識，我主修計算機科學，他則主修視覺藝術，本該似是南轅北轍的人，我卻知道會跟他很合得來。果然，我們很快便成為戀人，還未畢業便搬出來同居了。

能與靈魂伴侶相戀，是多麼幸福快樂的事。我和阿新早早建立默契，從不吵架，也沒有刻意製造浪漫，自然而然就成為彼此的生活拍檔。

他總說，親密的人之間不該有秘密，我們漸漸習慣對彼此毫無保留。就像老夫老妻一樣，不，甚至比一般夫妻的感情更好。我們共享手提電話和電腦密碼，從不隱瞞，也不猜疑。

不是我誇張，我們真的達到了絕對信任的境界。

我喜歡他的其中一點，是他十分珍惜所擁有的一切。例如他的背包和錢包，他都已經使用超過五年了。

要知道，他的家境不錯，並不是因為沒錢買新的，而是不到破爛，他都不會丟掉。他說，無論是人或物，他不會輕言放棄。

我們有很多共同興趣，生活品味類近，相處得和諧又舒服。其中一個共同興趣，是看電影和連續劇，我們常常一起觀看，或分享彼此看法。

有時我根本不用說，他就知道我想看哪部電影，遇到他很久以前看過的老電影，他也會告訴我一些防雷心得。

因為有他，我不用浪費時間在爛電影上，也因為有他，我看虐心電影大哭時，他會拍拍我肩，撫平我的悲傷。

我曾經有段日子，甚至視他為結婚對象，儘管當時我們只得二十歲。

然而，隨著年齡增長和見識多了，我開始覺得以前的我，大概被戀愛沖昏了頭腦，蒙蔽了雙眼，以至看不見一些問題。尤其和阿新互相披露得愈多事情和心底想法後，我意識到一個致命的問題：我們的價值觀截然不同。

這個問題，是我在某次與他一起看電影，看到某個情節時發現的。戲裡男主角受到敵方追捕，經過一個湖泊時，見到小女孩意外掉進湖裡。小女孩不懂得游泳，就向男主角求救。

我問阿新，換作他是男主角，會不會冒著被敵人抓到的風險，停下來救那個女孩。

「當然不會啦，先別說敵人會否趕至，天曉得那個女孩是否敵人的同黨，故意騙我過去呢？」阿新一邊吃薯片，一邊輕鬆道：「到時她與敵人聯手，我便無處可逃了。」

價值觀不同不只發生在討論電影上，還有日常生活。在大部分情況下，他都是富有同情心的人，但這只針對他在乎的人，包括我。對於不在乎的人，他表現得冷酷無情，而對陌生人，他更是偏執和殘酷。

過了幾年，我們陸續面對很多現實問題，包括大學畢業、找工作和搬家等等。加上就業後，我們相處的時間更少了。

某日，我終於跟他攤牌，說我們的感情變淡，已經再也走不下去了，只能跟他分手。

阿新縱然不捨，但在挽留失敗無數次後，最終只能無奈地成為我的前度了。

在我搬走的那天，他還默默地替我收拾行李。我深信不管未來如何，他的個性依然不會改變，他始終對我極好的。

我的現任是在職場上認識的，他叫阿務，是個思想成熟，行事穩重的男人，我們相戀一年後，進入談婚論嫁的階段。

差一步，我就能得到幸福了。

今夜，在萬事俱備之下，我偷偷前往阿新的家。多虧我在幾年前，在快要跟阿新分手時，趁他不在家，在他的電腦安裝了一個監控程式。

如此一來，今夜我便能掌握他使用電腦的情況，在他關掉電腦之後才摸黑上他家。

他沒有更換鎖頭，我用舊鑰匙開鎖，輕手輕腳地溜進他的睡房。我趁他睡覺時殺死他，再用溶屍的化學物品毀屍滅跡。

這些殺人工具和化學物品，都是我按照網上瀏覽購買的，應該可以製造完美犯罪，讓阿新徹底消失在這個世界上。

我總算獲得真正的幸福了。

難題魅解

為甚麼我突然殺害阿新？

揭詭見魅

為了回答這個問題，要把時間推回以前，先釐清了我與阿新分手的真正原因。

我認為與阿新的價值觀不同，是指他對其他人十分冷漠，甚至可以說是殘酷。他不僅對掉進湖裡的小女孩見死不救，還一臉輕鬆地討論別人的生死。

當然，當時我提出只是假設性的問題，他可能不是認真的，但是，我從這件事上見微知著，開始留意他的為人，漸漸察覺出他的不對勁。

我清楚知道，他對我是極好的，然而，他對其他人不是這樣，相反，還十分偏執與無情。

這種殘酷不止於思想上，他還有暴力傾向。他這個陰暗面令我覺得很害怕，但另一方面，他從沒傷害我，我又不捨得他，於是拖拖拉拉，過了幾年，我才提出分手。

我們面對現實問題、相處時間變短，這些是事實，而不是我想分手的真正理由。至於甚麼感情變淡，也是藉口，我不想讓他察覺到，我已經看穿他的真面目，不敢與他撕破臉皮。

這就是我在分手前，偷偷安裝監控程式的原因。他的不對勁，讓我有不好預感。我利用自己計算機科學的學業背景，替自己和未來買個保障。

事實證明，這些做法是對的，我成功與他和平分手。不過，即使分了手，我們的關係仍未斷得乾淨。他仍愛著我，沒換家門門鎖，意味著家門隨時為我大開，歡迎我隨時回家。

阿新一直在等我，不想我嫁給阿務，甚至密謀偷偷殺死阿務。他大概以為，在阿務消失後，我在世上唯一可以依靠的人，就只剩下他，必定會回心轉意。

我在監控程式上得知阿新的殺人大計。他徹底調查過阿務的行蹤，在網上搜尋多個殺人和毀屍滅跡的方法，甚至購買相關用品準備犯案。

就算阿新沒殺阿務，我順利嫁給阿務，阿新仍然是個計時炸彈，天曉得他哪天發瘋突然傷害阿務。

那麼，既然我已經知道阿新的殺人大計，還掌握了電腦紀錄作證據，為甚麼我不報警處理，而要自己親手殺阿新？當然是因為我不能報警。

所謂證據，頂多是網上瀏覽紀錄，阿新根本還沒有真正實施犯罪。單憑我的片面之詞，警方會相信嗎？會在阿新行動之前逮捕他嗎？更別說阿新有財力聘請律師，就算警方逮捕了他，他也很有可能脫罪，我不能賭這個可能性。

萬一打草驚蛇了，我真想像不到阿新會做些甚麼出來。

我既不想阿務受到傷害，又不能報警，唯有先下手為強，按照阿新的瀏覽記錄，執行最佳的殺人方法，殺死阿新。除去阿新這個計時炸彈後，我就可以安心成為阿務的妻子了。

偉大的母親

疼痛是一種保護機制，令大腦接收「被攻擊」的訊號，從而做出各種相對反應。

醫學上把痛分成十個級別，每個人生活上總免不了接觸不同級別的疼痛，例如被同學暴力欺凌、親戚的虐打等等，不但造成身體傷害，還有心靈受創。

而女性除了這些疼痛以外，還要額外承受一種痛。在眾多疼痛當中，分娩的痛在醫學上被定義為最高級別——十級痛。

當然，很多現代女性選擇不婚不生，但不是每個人都可以替自己的命運作出抉擇。

我生下第一胎的過程，無比折磨與血腥，失血的程度差點要了我的命。可是，彼得實在太可愛了，我絕不後悔誕下他。而且他非常孝順又強壯，從不讓我擔心，很多我辦不到的事，他都主動替我辦好，特別是搬搬抬抬的粗重功夫。

在彼得之後，我誕下女兒瑪莎。她跟我完全不同，語言天分高，說得一口流利英語，一畢業就在大公司找到高薪職位，讓我們過著生活無憂的日子。

最後一胎是小兒子雷德，他長得最像我，有著精緻五官，穿甚麼衣服都好看，是個天生的模特兒。聽説在他任職的公司裡，很多女同事都暗戀他。

我們一家幾口生活在一起，即使三個兒女都獨當一面，也沒有打算搬出去。

其實我明白為甚麼，他們因為擔心才一直留在我身邊。

我的妻子是個十分強勢的女人，把自己視為高高在上的存在。每逢她遇到不順心的事情或心情不好，就是我們遭殃的時候。

她總會找我碴，就像個炸彈一樣，星星火花就能使她破口大罵。彼得最乖，他會馬上擋在我面前，默默替我承受妻子的無理取鬧。

妻子的情緒算是來得快，去得也快，罵了幾句就靜下來。雖然接下來整日，家裡陷入凝重的沉默，但總好過要被她指著鼻尖斥責。

妻子待我不好，但兒女們個個聽話，他們認為我這個丈夫實在有點可憐，對我呵護備至，也算是上天對我淒慘的命運作出一點點補償吧。

難題魅解

我與妻子，誰才是偉大的母親？

揭詭見魅

文中暗示誰負責生小孩，誰就是偉大的母親。要回答問題，先釐清為甚麼我是丈夫，卻能夠生小孩。

前文大部分是我用客觀角度去看疼痛和生孩子，説明我不一定是女性，也明白生孩子的過程十分疼痛。

我從小遭遇同學欺淩和親戚虐打，這些童年創傷對我來説是難以承受。

我是多重人格障礙患者。一次，我受到暴力對待，**「折磨與血腥」**就是我被人毒打的證據。當時我差點死亡，保護機制創造出彼得這個人格替我承受痛苦，讓我有種在旁觀別人痛苦的錯覺，保護我不受到虐待。

每次產生一個人格，都因為我經歷身心疼痛，好比女人生孩子一樣折磨。所以，我的確生產了三個小孩，我是偉大的母親。

彼得、瑪莎、雷德這三個人格，對我生活有不同貢獻，這點貼近部分多重人格障礙患者的生活。不同人格具有不同功能，幫助主人格過正常生活。

人格自誕生以來大多是發展完整，不像正常人類需要經歷嬰兒、青年和成年等人生階段，彼得、瑪莎、雷德也是，他們一出生就跳過成長過程，直接上班。

放縱

我的長相本來算是公司裡數一數二好看的，打扮帥氣，身材高大，五官端正，不少女同事都私下約我吃飯。

後來我與其中一位女同事結婚，漸漸沒那麼在意自己的外貌了。加上市道不好，公司裁員後要我一人負責三人的工作量，我更加沒時間管理身材。

最近我甚至放飛自我，以瘋狂進食來紓解壓力，時常吃到肚子非常撐，身形因此變胖了不少。

這種自助餐任食的快感，使我愈來愈不懂得自制，常常都會吃過量，吃不該吃的食物。

可是，我實在沉迷得不能自拔了。

難題魅解

我真正的身體狀況是如何？

揭詭見魅

我患有嚴重的異食癖，「**不該吃**」和「**沉迷**」說明我非常清楚自己有這個毛病。

澄清一點，我吃的並不是人肉。文中提及自助餐任食，說明我所吃的異物算是容易獲取，那就不可能是人肉。若然我瘋狂殺人，或經不法途徑獲取人肉，早已被警察盯上了。

我喜歡吃的，是形形色色的肥皂。對於市面上不同大小形狀和香味的肥皂，我特別喜歡大塊一些的肥皂。雖然每餐都「**吃到肚子非常撐**」，但我很享受吃肥皂的快感，這種「偷歡」的刺激感也緩和了我不少工作壓力。

由於肥皂的體積不小，把我的胃部撐大了不少，讓我誤以為自己「**胖了不少**」。

萬聖節

這是我移民外國後過的第一個萬聖節，鄰居們顯然很喜歡這個節日，未到十月就陸續替室內外精心布置。

萬聖節當晚，我應約去鄰居家中參加萬聖節派對。鄰居大手購入一堆斷手斷腳，還把滿身血跡的屍體丟在客廳中，將自家弄成案發現場般，到處鮮血淋漓。

這固然惹來警察到訪，見狀，屍體嚇得立即坐起身，乖乖遞上身份證明文件。

我們站在一旁，覺得警察錯愕的表情太滑稽，笑得捧著肚子。

經過整晚烈酒、藥物和狂歡，我們在翌日早上清醒過來，急急收拾和清理後，我便匆忙前往其他國家。

難題魅解

我為甚麼去其他國家？

「**警察**」和「**屍體**」都是參加派對的嘉賓。

我們因吸食藥物及酒精，讓萬聖節派對變成殺人和碎屍派對，笑得捧著「**肚子**」，是受害者的肚子。

翌日，藥及酒的效力散退，我們徹底清醒過來，意識到自己殺了人，馬上清理殺人現場。

為了避過警方追捕，我趁案件仍未被揭發前，潛逃到其他國家。

揭詭見魅

回魂夜

生活艱難，兒子搬走後沒再給我家用，更反過來要我分一點生果金給他，我已經很久沒好好吃一頓飽飯了。

剛好，鄰居門外點了紅色蠟燭，我知道機會來了！

他們家中有白事，死者是位年齡老邁的婆婆。她的頭七，亦即回魂夜那晚，家人將會準備一頓豐盛的晚餐，當作替她送行。

七日七夜，我計算好日子，趁婆婆回魂夜那晚，偷偷潛入她家。

沒辦法，我真的太餓了。反正按照習俗，她的家人一定要躲在房中迴避，不可被亡魂見到以免留戀塵世，怕她不肯去投胎。

如此一來，我就可以乘機入去大快朵頤，就算他們聽見半點聲響或事後發現飯餸被吃光，都只會以為是家中亡魂回來，不會聯想到是我偷吃。

晚上十一點，婆婆家裡的燈光全關，她的家人果然全部退避客廳，躲在睡房緊閉房門。

我進入無人的客廳後，禮貌地去靈牌面前向死者輕輕點頭，當作打個招呼。靈牌中央放了一個相架，旁邊有多根蠟燭和清香，還有一個剛燒完紙錢的化寶盆。

相架上是一位慈祥老婆婆。年齡跟我差不多大，待遇卻差天共地，飯桌上大魚大肉、有湯有菜，看來她的子孫待她不薄。

想到我家兒子，無奈嘆口氣，埋頭開始吃東西。無論如何，先填飽肚子再說吧。

可惜我才開吃沒多久就被打斷，背後有把沙啞的聲音怒道：「你是甚麼人？竟敢亂闖我家！」

我猛然回頭，被來者嚇了一跳！

她……頭髮銀白得有點發亮，身上布滿皺紋，一臉病態，可是中氣十足，睜大雙眼像要吃掉我般猛瞪住我，形象跟靈牌上的照片截然不同。

對的，她就是剛過身的老婆婆。

「哇啊──！」我驚訝得從椅子跳起身：「對不起，我實在太餓了！我、我這就走！對不起！」

我差點被她的鬼臉嚇昏，連放下手中東西的時間也沒有，火速轉身衝出她的家，急急跑回自己的住所。

幸好老婆婆見我肯走，並不打算追究，沒有追出來。

長夜太黑，走廊太暗，我的視力不好，借助家門前的蠟燭才找到自己家，花了一點時間，總算回到家中。

我在空無一物的客廳席地而坐，手上還拿著從老婆婆家裡帶走的東西，默默吃著。

那是一炷燒了一半的清香。

難題魅解

為甚麼我窮得要吃清香？

家門前點了蠟燭，說明我跟老婆婆一樣，已經過身。

兒子急不及待地變賣和清空家裡物品，加上他在我生前的種種對待，意味著在我死後都沒有好好地拜祭我，只插了根蠟燭就算。

沒有供品的我，趁著有鄰居過身，偷吃別人的供品。

揭詭見魅

嫁個有錢人

嫁入豪門，是我一直以來的夢想。

當我看見阿誠的第一眼，便認定他是結婚對象。他不但是位暖男，外貌與人品都十分優秀，而且更是富二代，完美得無可挑剔。

當他提出一起去冰島旅行，我就有預感他準備在極光下求婚。

果不其然，當夜空綻放又紫又綠的光彩瞬間，他便單膝跪下，掏出求婚戒指：「小言，你願意嫁給我嗎？」

看著他雙眸閃爍著極光混合星辰的光芒，我馬上就答應了。

作為全世界最幸福的新娘，婚宴場地當然選在五星級飯店。

舉行婚宴那晚，我戴上巨型鑽石戒指，穿上昂貴的婚紗，享受著全場目光，一步一步徐徐進入會場。

我實在太高興了，婚宴進行期間，一抓到機會就會喝上幾口酒，亦由於喝了太多酒，使我十分尿急。

然而，這間所謂五星級飯店，會場的洗手間卻只得四個廁格，客人又太多，我只好憋著尿排隊。

難題魅解

哪裡怪怪的？

揭詭見魅

我並不是新娘本人，只是妄想自己是新娘。

阿誠的確是暖男新郎，當年他為了得到朋友的見證，邀請大家包括我一起去冰島旅行，看著他向新娘求婚。

作為新娘的朋友，我當然受邀出席婚宴。

婚宴當晚，便是我真正失控的那一天。

我以為自己是新娘，自行買戒指和婚紗。穿成這樣進入會場，自然引起「**全場目光**」。

但是，我根本就不是新娘本人，所以無法進入新娘房，也不能使用新娘房裡的洗手間，只能使用「**四個廁格**」的公共洗手間。

演唱會下水道

周杰倫每次開演唱會都吸引眾多歌迷搶票，這次更誇張，足足有十幾萬人搶不到票。

我也是其中一人，本來十分絕望，後來我收到小道消息，說可以從其他途徑參加演唱會，那便是在網上傳得沸沸揚揚的地下水道！

聽說那條銜接大巨蛋的污水道，環境相當惡劣，除了大量污水，還有大腸桿菌甚至有毒氣體等等。而且下水道四通八達，若沒有熟路的人帶著，歌迷隨時遇到意外又求救無援，永遠困在裡面走不出來。

「但是，有人帶路就不一樣！」朋友小茱捉住我的雙手，左右搖晃著撒嬌。

小茱從朋友的朋友口中得知，有下水道工人私下開團，能帶領少量歌迷，經安全路線直達大巨蛋底下。

小茱長得十分可愛，每次我都會敗給她的撒嬌，語氣緩和了些：「但是下水道這麼髒，還要我們坐好幾個小時，實在讓人難以盡情享受演出啊，而且下水道的票價也不便宜呢。」

她嘟嘟嘴:「還不是因為知道你喜歡,又搶不到大巨蛋票嘛。況且,我從未去過地下水道,感覺很新鮮!」

那倒是,小茱沒我如此喜歡周杰倫,很多次演唱會票都是她陪我去搶。可笑的是,我們由中學時期相識,到現在她都快到三十歲了,我們從沒成功看過一場。

「如果這次看不成,等他下次開演唱會,可能又要好幾年了。」我打趣道:「我想,到時你已經結婚生子,我們還未看演唱會。」

小茱從小就定下三十歲前結婚的誓言,我久不久拿這調侃她。

「甚麼嘛,我沒有男朋友又如何結婚!你先擔心搶不搶得到下水道票啦。」她輕輕打了我一下。

諷刺的是,下水道的容納人數遠遠比不上大巨蛋,所以下水道票恐怕比大巨蛋票更難搶。

我本來想說,沒男朋友娶你,大不了讓我來,不過說出口卻是:「搶不到就算了。反正隔了一層,歌聲一定跟樓上沒得比。」

她的雙眼閃閃發亮：「可是你想想，周杰倫正正就在你頭頂，那種近距離是其他人求不到的！」

我最後被她成功説服，陪她一同去下水道聽演唱會，情況卻與我預想中截然不同。

所謂有人帶路，原來只是那位工人站在下水道入口，丟給我們一張地圖，讓我們跟從上面的指示，自行走向大巨蛋下方，工人並不會隨我們進入下水道。

「甚麼嘛，區區一張破地圖就收我們這麼多錢，他又不用親身陪我們探路，我感到伏味濃。」我抱怨道。

小茱也有點後悔，雙眼籠罩著猶豫與擔憂：「而且，不是説很多人搶下水道票嗎，怎麼現在只得我跟你二人？」

從入口步行到大巨蛋下方，需時二十分鐘左右，沿路漆黑一片，又沒有其他觀眾一起壯膽。

我催促道：「説不定其他觀眾比我們更早到達了。畢竟這裡的路彎彎曲曲，預留多些時間也是正常，更何況我們遲到了。」

小茱的手電筒隨著她的手一起發抖，眼前的燈光晃來晃去：「難不成，這一切都是陰謀？下水道工人引誘我們進來，是懷有別樣目的？」

我拍拍她的肩膀，柔聲道：「別怕，我們已經到了。」

小茱顯然就是那種又要怕又要看的類型，不過我們不是看恐怖電影。前方正是地圖標記的目的地，有燈光從那裡溢出，我甚至聽見周杰倫的歌聲！

真的假的，大巨蛋的聲音真的能夠傳遞到下水道來！

我牽起小茱的手加快腳步，來到目的地。下水道工人倒是有辦事，考慮到我們要逗留幾小時，有簡單整理過這裡。環境乾爽，地上鋪了幾張軟綿綿的厚地毯，四周掛了充滿情調的燈串，幾個氣球貼在天花板，還撒了一地花瓣。

我們坐下後，台上換了一首歌。我二話不說撲向小茱，親了她一口，嚇得她僵在原地。

難題魅解

我為甚麼突然強吻小茱？

揭詭見魅

我和小茱由中學時期開始，已經暗戀彼此，卻一直以好朋友身份留在對方身邊，不敢告白，不知道對方的真正心意。

直到今年小茱到了結婚死期，她知道再拖下去就會過了死線，於是把心一橫，決定今年無論結果如何都要向我告白。

她知道我喜歡周杰倫，想在演唱會當天告白，之前幾次也是，可惜一直搶不到門票。

今年適逢有「下水道演唱會」的都市傳說，她打算騙我進去，假裝成參加演唱會，藉著周杰倫《告白氣球》的浪漫氣氛，向我告白。

甚麼下水道和地圖，統統都是她亂編的謊言，連下水道工人都是她買通，與她配合演戲的。

理所當然地，歌聲亦不是來自大巨蛋，而是她預先隱藏起來的喇叭，在四通八達的下水道播歌，讓人難以分出歌聲源頭。

我一開始並不知道小茱會告白，但下水道種種古怪安排，加上目的地的布置根本就是告白的調調，讓我猜出她的真正用意。

她播放《告白氣球》時，我就知道她要告白，於是我搶先一步親吻她。

(提提大家，故事情節純屬虛構。

實際上，銜接台北大巨蛋的下水道十分狹窄，人是走不進去的。而且下水道的確含有多種有害氣體和細菌，要是真的走進去，可能吸一口氣就能導致昏迷。

多年來，下水道事故屢屢發生，受害者包括一些有足夠裝備和訓練的工人。

在此特意提醒大家，千萬別隨意進入下水道。)

獨遊日本

女生獨自一人去旅行會很悶或者不安全嗎？才不會啦，我這幾天玩得很開心，而且日本的治安很好，我並沒有遇到危險。

今晚吃過晚餐後，我到訪東京的幾間夜店，認識了很多新朋友，當中有些像我一樣也是訪日遊客，有些則是本地人。

我在一間號稱打卡熱點的酒吧，與新朋友一起拍了大量影片和照片。

當我準備把影片和照片傳送給大家時，才發現我的網絡數據已經用完，酒吧的 Wi-Fi 又弱，不要說影片，連普通一段文字訊息，我也無法傳送出去。

見狀，其中一個帥氣的男生主動上前，開放個人熱點給我使用。

他是本地人，說得一口流利英語，長相也十分好看，但是我不喜歡他輕浮的態度，笑容十分油膩，尤其喝了幾杯酒，就開始對我毛手毛腳。

他不止一次邀我上他家小坐一會，我都裝作聽不懂，刻意與他保持距離。見我愛理不理，他悻悻然轉攻其他女生。

最後，我玩到凌晨兩、三點便離開酒吧。

我住的飯店在酒吧附近，步行大約幾分鐘就到。我在回去飯店的途中，將剛才的影片上載社交平台向朋友炫耀。

今日是週六，他們還未睡，紛紛留言問我有沒有艷遇。

難題魅解

哪裡怪怪的？

由於我的數據用量花光，當我離開酒吧後，理應無法上載影片或與朋友聊天。

但我卻能夠如常上網，是因為我還在繼續使用輕浮男生的個人熱點。

可是個人熱點的距離有限，若然輕浮男生還留在酒吧內，我沒走多遠，連接就會自然斷掉。我在回程途中仍能使用，意味著他正在跟蹤我。

我玩到凌晨才離開酒吧，喝了很多酒，加上警戒心低和太疲倦，並未注意個人熱點的問題，更沒發現自己正被人跟蹤。

揭詭見魅

揭魅

58—65

計程車

我的工作需要輪班，今晚剛好在深夜時分下班，遇上橫風橫雨的天氣，這還未算最麻煩。

我的閨蜜今天生日，我跟她約好，下班後立刻趕往她家參加生日派對。

煩人的點就在於，我工作的地點在郊區，而她家位於市區。要到她家，最快的交通工具是計程車，偏偏雨天比較難攔截計程車，更別說我在偏僻地區。

我固然預料到一時三刻等不到車，已經預先在召車程式下單。好不容易等到車來，我總算登上計程車，馬上傳訊息告訴朋友我出發了。

沿路十分暢順，沒有交通意外或塞車之類。我提前買的生日蛋糕，也請店員給我額外乾冰，現在放在蛋糕盒裡。紅酒、蠟燭和生日禮物等等，我都一一預備好，全都放進紙袋，跟著我一同出發去朋友家。

一切準備就緒，我應該能夠順利赴約。

——要不是計程車一直往反方向行駛。

難題魅解

我無法順利赴約的真正原因是？

揭詭見魅

我所說的「反方向」，是字面上的意思，指計程車不按正常方式來駕駛。

正常情況下，車輛是車頭向前駕駛，但計程車卻是倒後駛。如果是倒車就算了，但司機居然由我上車開始，就一直往後倒退，而且在郊區加大黑夜、看不清楚路的情況下，一般人未必有能力如此做，除非司機……不是人。

本來司機正常向前駕駛的話，那是去市區的方向，但他卻向後倒，載著我不斷往郊區深處駛去。我想，我不只去不了閨蜜的家，而且永遠不能跟她見面。

下雨夜，我坐上古怪計程車

星期六晚上，我參加了朋友家中的生日派對。

雖然負責買蛋糕的那個人臨時爽約，我們沒有蛋糕吃，不過氣氛依然歡樂，散席時空酒樽遍布地上。

我步出朋友的家，大雨仍然持續著，巴士尾班車早已開出，眾人各自乘計程車回家。從朋友家到我家的車程大約二十多分鐘，我當然不浪費時間，拿出手提電話開 App 看連續劇。

這是一部關於綁架的連續劇，螢幕正好播放綁匪捉住女主角的片段。他用膠帶封住她的嘴巴，不讓她呼救。

女主角的演技相當好，她的眼神充滿絕望又驚慌，只能隔著膠帶發出嗚嗚的叫聲，讓我感受到她那股無助又徬徨的心情。

然後，我連車資也不給，打開車門，二話不說就跳出車外。

難題魅解

我為甚麼突然跳車？

我這趟車程有二十多分鐘，而連續劇不會持續播放女主角嗚嗚叫的片段。一會兒後，劇情有所推進，女主角要不設法逃走，要不累極昏倒，總之不會繼續嗚嗚叫。

然而，當手提電話播放其他畫面後，我仍然聽見嗚嗚的叫聲，意識到叫聲除了來自手提電話，還有計程車的車尾箱。

我得出結論，懷疑司機把某人綁起，鎖在車尾箱中。司機大概以為，雨聲大得可以掩蓋來自車尾箱的叫聲，但其實坐在後座的我聽得很清楚，於是果斷跳車保命。

揭詭見魅

那個爛掉半邊臉的女人

我被她纏住了。

第一次遇見她，是在一個公開場合上，當時我受邀參加一個頒授典禮，不只多位高官出席，還有眾多傳媒。

如此隆重的場面，人氣如此旺盛，我沒想過居然會遇到鬼！

那是一位滿身血跡斑斑，頭髮凌亂，衣衫不整的女人。我看不清楚她的長相，因為她的臉爛掉了半邊，血肉模糊，不停淌血。

「醫生，有人受傷了，快來救人！」我嚇得尖叫，猛指向爛臉女人，渾身抖個不停。

然而，在場所有人根本看不見爛臉女人，紛紛用詫異和擔心的眼神投向我，好像在看一個精神有問題的人一樣。

當我回過神來，爛臉女人已經消失了。

我就在眾目睽睽之下這樣出醜了，我的名字也登上了報紙。

之後好幾次，我都在晚上遇過爛臉女人。雖然她從沒做過甚麼傷害我的舉動，只是遠遠看著我，但如此恐怖的女人，偏偏只有我一個人看見，實在是相當折磨的事情。

起初，我只在見到她的那些晚上失眠，後來連平常夜晚我都睡不好，更試過夢見她。這導致我在白天不夠精神，注意力不足，產生諸多問題從而影響了工作。

我一直以為自己出現幻覺，拜訪過不同醫生。經過治療後，我以為從此就再也見不到爛臉女人。

沒想過，有次我晚歸回家的車途上，居然在巴士上遇見她。

她同樣沒有作出攻擊，靜靜地坐在巴士前排，回頭望向我，撐起她那失去半邊的破爛嘴唇，擠出無聲卻萬分可怕的笑容。

她是誰？為甚麼苦苦纏著我？

「老婆，快點開門！開門啊！」我幾乎是以逃亡的步速跑回家，不敢回望身後，生怕爛臉女人尾隨我。

妻子懶洋洋地從睡房走出來，見到我面無血色、汗流浹背的模樣。她驚慌問道：「發生甚麼事？你沒事吧，為甚麼如此狼狽？」

她見我如此不妥，還大剌剌地擋在門前，遲遲不讓我躲進家裡避難，喋喋不休地問個不停，實在太惱人了。

我從她的語氣裡，聞出不懷好意的氣味，忍不住質問她：「還不讓我進來？難不成是你對我做了甚麼？」

我會這麼說，並非空穴來風。妻子曾經對我不忠的事，已經在鄰居們之間傳開了。她甚至親口承認了，還反過來怪我只顧著工作。

當年我因為出國工作，長時間駐守在其他國家，讓她獨守空幃。她感到孤單，我又不在身邊，自然要找其他男人滿足生理需求。

一想到她那時毫不愧疚的嘴臉，我就生氣：「你要報復我，就直接衝我來。為甚麼要用這種下三流的手段？我情願你直接提離婚，都好過像現在這樣折磨我！」

她沒有承認或否認，而是交疊雙手，倚在門邊，以高人一等的姿態盯著我問：「來，說說看我有甚麼下三流的手段？」

我愣了一愣，不怕攤出來說清楚：「你日日夜夜煮飯給我吃，裡面究竟摻了甚麼致幻藥物？」

我被爛臉女人纏上的事，妻子一直知道。她說那是我的幻覺，叫我找心理醫生解決。

我本來也認同她的想法，畢竟天下間哪裡有那麼多女鬼。好，就算退一百步，爛臉女人真的是女鬼，她絕無可能只是靜靜看著我而沒有行動，一定會找我索命之類。

妻子今日這般反應，讓我漸漸覺得，爛臉女人這個幻覺，有可能是日積月累的致幻劑所致。要報復我的不是女鬼，而是妻子。

妻子如此聰明，很快便弄明白我的指責。她露出慌張的神色：「我想我知道，你看這麼久心理醫生都沒用的原因了，因為那根本不是幻覺。」

我不耐煩道：「你又在耍甚麼花樣？」

「你會不會真的被鬼纏上了？畢竟你以往作孽太多，被你害死的人會找上你也不出奇。」她問道。

妻子的臉上盤踞著從未有過的嚴肅與凝重，似乎真的沒對我下藥。

難題魅解

爛臉女人是妻子耍的把戲嗎？

揭詭見魅

我是軍人，「出國工作」和「長時間駐守」是指我在多年前被派駐到敵對國家，參與多場戰事。

我效忠的國家最終打了勝仗，我回國參加英勇勳章的頒授典禮。這是我的戰後創傷症候群第一次發作，爛臉女人是幻覺，也是戰死的無辜平民之投射。

一位退役軍人受病魔纏身，讓大眾重新關注戰爭問題，傳媒報道相關事件會提及我，所以「我的名字也登上了報紙」。

心理醫生判斷我患上戰後創傷症。戰後創傷症的症狀包括失眠、難以專心、易怒和焦慮等等，這符合文中我的狀態。我遲遲走不出傷痛，漸漸懷疑爛臉女人根本不是幻覺，所以心理醫生幫不了我。

妻子與我的關係本來並不好，自從我的病情惡化，我們的關係變得更差。不過，終究是兩夫妻，她見我再次病發，也以為爛臉女人是厲鬼纏身，開始擔心我。

筆者早前看過一些關於美國軍人的報道。他們在戰後，即使保住生命回國，仍需要面對各種各樣的問題。有部分退役患上情緒病，就算肯主動求診，卻因為輪候需時，如同人球般被不同部門拋來拋去。

所謂「救國英雄」，卻要永遠活在夢魘裡。

水上芭蕾

韻律泳屬於游泳其中一種類別，不過由於極具觀賞性，很多人視它為一種舞蹈表演，有水上芭蕾的別稱。

智子是韻律泳壇新星，不僅排除千萬個對手，成功進入國家隊，代表國家出戰奧運會，還擔當國家隊隊長，負起領導及凝聚隊員的重任。

「比起游泳和跳舞，水上芭蕾更難，我需要配合多個高強度動作及長時間閉氣訓練，這絕對是挑戰人體極限的運動。」智子說。

那是一次智子到我家中作客，我們喝到有點茫時聊起的話題。

她所說的，我怎會不懂？扭傷、骨折等等經常發生在泳手身上。我回應道：「難就難在，即使能夠舞出高難度動作，也不一定好看。就算動作好看，也不代表評審覺得好看。」

「可不是嘛，並不是人人都像我表演得這麼優美。」她抬頭，瞇起微醺的雙眼，向我舉杯。

我勉強穩住顫抖的手，拿起酒杯與她碰杯：「對對對，你最厲害。」

智子說得沒錯，我看過很多泳手表演，她確實是她們當中跳得最好的一個。

她修長的手指像鶴般靈活彈跳，纖細雙手的每組動作富節奏感，身體灑脱又細膩地旋轉扭曲。我自問就無法擺出像她這樣完美的動作。

這些舞蹈濺起點點斑斕花雨，配合她婀娜的身體，形成唯美的畫面，我總算體會到她的自大從何而來了。

可惜她這次表演的場地不是泳池。

難題魅解

智子不在泳池，又如何表演？

智子確實不在泳池裡，但她不是表演水上芭蕾。

「彈跳、旋轉扭曲」不是描述跳舞的動作，而是有另一種詮釋，那就是人類死前的痙攣。

用「**斑斕**」形容水花，代表那些水點有顏色，並不是泳池的透明池水，因為那是紅色的水花——血液。

以上描述，是我殺害智子時，欣賞她在血泊上垂死掙扎的讚嘆。

我殺她完全出於妒忌，因為我是其中一個被她擊敗的泳手。而且，我在一次練習時發生意外，右手骨折，從此留下後遺症，不得進入國家隊。

不僅如此，我痛恨所有國家隊泳手，她們奪取了屬於我的榮耀，所以她們都得一一在我面前表演那支最後的血舞。

她們畢竟算是半個舞蹈員，即使在瀕死的狀態，動作還是如同水上芭蕾般優雅和漂亮。

揭詭見魅

清醒夢

清醒夢與一般作夢不同，人仍然保持意識清醒，可以思考與行動。

不過，不同人作清醒夢的情況都有所不同。有些人只知道自己正在發夢，卻改變不了夢裡遭遇；有些人可以自由行動，接觸夢裡的人或物，甚至控制夢境內容。

並不是所有人都懂得作清醒夢，我以前也不懂得。讓我學會這個方法的契機是，我遇到一個意外。

當晚是週六，我如常和朋友在外面玩到凌晨才回家。

我居住的住宅區品流複雜，犯罪率比其他區域高得多，晚上九點過後，這裡有「人間禁地」之稱。我出入十分小心，電召車直接在樓下停車，只需走幾步便進入住宅大廈。

可是，意外正正發生在這段短短路程。突然有人從後襲擊，我連對方的臉都來不及看，就被他拖入後巷。

接下來發生的事，我不用描述，報章已完整刊登出來。

只是媒體沒有報道最重要的細節：誰是施襲者？

基於他由始至終都在黑暗處，我看不到他的臉，他得手後就急急溜走，沒有目擊者，無人知道他的身份。

不幸的大幸是，自此我便懂得控制夢境。正確來說，我無法改變或創造新的夢境，只可以夢見以往發生的事。

為了追查施襲者，我讓自己不斷夢回那場意外。雖然以第一身再三經歷被害過程，是極度可怕又折磨，但我可以保持清醒觀察夢裡所有細節。

藉著一次又一次重複經歷，我把當時忽略的關鍵拼湊起來，找到了蛛絲馬跡。

最終，我知道施襲者的身份了。儘管我知道他的長相和名字，但警察並不接納由這個方式取得的證據，施襲者依然逍遙法外。

沒關係，我弄清楚是誰就足夠了。

自此我沒有再作清醒夢，不，我連一般夢都沒有再作了。

難題魅解

我不再作夢的原因是甚麼？

揭詭見魅

我在那場襲擊中已經過身，由於死於非命，我並不知道自己已經死亡。我反覆經歷死前遭遇，以為這是清醒夢。

那個人不只襲擊我，還把我殺死。但是，無論是清醒夢，抑或鬼魂指證都無法成為呈堂證據，所以兇手沒有受到法律制裁。

我留戀人世的心願就是知道誰是施襲者（兇手），當這個心願達成後，我便離開人間了，從此不再「作夢」。

生日快樂

小麗自從有了自己的家庭，要照顧丈夫和女兒，又要陪伴四大長老，日子變得忙碌，減少了跟朋友見面的次數。

我跟她一年才見幾次面，大多是臨近彼此生日才約出來慶祝。

她回覆 WhatsApp 的時間也慢了許多，雖然盡量找時間回覆我，但更多時是已讀不回。對此，我絕對諒解的。

我們相識多年，我見證著她人生各項重大轉變，唯獨她的個性沒怎麼變。她依然開朗活潑，是那種不能閒下來的人，總是說個不停。

但這不代表她只會自顧自說，她對人體貼入微，懂得噓寒問暖。即使隔著屏幕，我仍能感受到文字帶有溫度。

她這傢伙，嘴饞的喜好也從沒變改，對吃的方面很有研究，總是知道哪家餐廳的哪道菜最適合我們一起去吃。見我對吃沒甚麼要求，還會主動跟餐廳溝通好，把一切都安排得妥妥當當。

到了十二月中，我 WhatsApp 約她吃飯，她的生日在月底。

她說：「我正等著你約我吃生日飯呢！不過最近很忙，不如就約月底吧，你有空嗎？」

我說：「廿二號好嗎？」

她說：「可以喔。跟上年一樣，約在尖沙咀？」

我說：「好的，先約七點吧。想吃甚麼菜？」

她說：「這次我要吃日本菜！最近一家很有名的『過江龍』餐廳新開張，聽說在日本，食客要排隊一個小時以上才吃到的！你沒問題的話，我這就訂位。」

我說：「好啊，我也喜歡日本菜。」

她說：「我訂好位了，那天剛好剩下最後一張二人桌。」

我說：「謝謝。今年想吃哪家的生日蛋糕？」

她說：「都可以啊，只要是抹茶味就行！」

我說：「真的放心交給我？我知道你喜歡抹茶，但不是太多蛋糕店能符合你的要求呢。」

她說：「地鐵站那間日本連鎖蛋糕店，最近好像推出了抹茶系列，就它吧！」

然後，我撥打報警電話。

難題魅解

我為甚麼報警？

揭謊見魅

小麗是麩質敏感者，不能吃任何含有麩質的食物。由於她個性體貼，知道我不擅長挑選餐廳、與餐廳溝通，總會主動跟餐廳溝通好。「**把一切都安排得妥妥當當**」，是指她會提前挑選菜式，請餐廳換走麩質的食材。

我翻查日曆才想起十二月廿二號是冬至正日，察覺有異，決定試探她。

小麗重視家庭，時間都花在陪伴家人上。她每年冬至都要去夫家和娘家做冬吃飯，冬至當天與前後都會留給兩邊家庭，尤其正日，她更絕無可能答應我的邀約。

蛋糕也是同樣道理，小麗要吃以無麩材料做的蛋糕。而比起與餐廳討論，買蛋糕沒那麼複雜，所以一直以來都是由她提供符合她飲食需求的蛋糕店家，讓我直接去買。

今次我主動詢問蛋糕店家，她卻沒有告訴我，要我自己尋找，這做法不符合她的個性。而且一般大型連鎖蛋糕店，不會提供無麩材料做的蛋糕，她卻提議我去買，分明不符合她的食物要求。

種種古怪說明這個「小麗」並不是我所認識的小麗，有人假裝成她回覆訊息，試圖營造出她仍然正常生活的假象，以掩飾她已經遭遇不測。

而這個假扮她的人，絕不是丈夫或熟人，應該是最近才認識甚至不認識她。

這個人取得小麗的電話，能夠細讀裡面的文字訊息，裝出她的說話方式，扮得自己多話又活潑，也許瞞得了一時。這個人假裝答應與我見面，打算在見面日快到時就臨時改期，以此隱瞞真相。

可是，這個人並不熟知她個性，不知道她在冬至當天的習慣，不知道她對麩質敏感，也不懂得主動提供蛋糕店家。

我報警，是因為我相信，小麗的手機落入他人之手已有一段時日，說明她極有可能已經遭遇危險。

跟團去旅行

我趁著連續幾天假期，報名參加三日兩夜的短線旅行團。

一個大男人，當然可以獨自去旅行，但比起自己一人，我更享受認識新朋友，喜歡與同行團友有說有笑。

一心以為旅行社替我安排妥當，我舒舒服服地上車和下車即可。豈料，由於當地也是連假，旅行景點變得人山人海，這趟旅程一點也不舒服。

我們一早去到景點門口，入場時要在園外排隊。

好不容易進入園內，才發現園區只得一個觀景台，沒有別處可逛，所有遊客要排隊坐觀光車，才能上山到達該觀景台。

偏偏觀光車的班次疏得離譜，園方又沒有設置休息區，害幾乎所有遊客都要擠在寒冷的山下，一邊站著吹冷風，一邊呆等。

終於輪到我上山了。結果，我在觀景台上只花了幾分鐘。山上大霧，白茫茫一片，我甚麼都看不見。如果早知道天氣不佳，導致山上視野如此差，我根本不會上山。

觀光時間只得短短幾分鐘，前前後後卻浪費了好幾小時排隊。當我們離開園區時，天已經入黑了。

領隊在出發前已跟我們約好集合地點，要我們自行回停車場登上旅遊巴士。然而，在我上車時，發現還有半數團友塞在園區內，遲遲未出來。

再過多半小時，餘下的團友拖著疲累的步伐，陸陸續續上車，人人累得連抱怨的力氣都沒有。

時間來到晚上八點多，已經超出了原定晚餐時間。領隊固然明白趕時間，他匆匆點齊人數，宣布馬上出發，前往晚餐地點。

餓了大半天的團友，得知終於可以離開這個鬼地方去吃飯，紛紛拍掌歡呼。

這個時候，我忽然想起一個都市傳說……

感到後悔不已。

難題魅解

我想起哪個都市傳說？

揭詭見魅

那個都市傳說讓我意識到，團友們都遭遇意外而過身了。至於是甚麼意外，雖然我沒有親眼看見，但也能想像得到。

山上僅得一個觀景台，遊客能活動的空間有限，加上當日正值「人山人海」的連假，如此多人擠在觀景台上，很容易發生碰撞意外。

偏偏從觀光車班次疏落，不設休息區，以及明知「天氣不佳」，卻依舊放大批遊客上山等安排上，顯示出園區的管理極差，意味著其安全意識極低。

在山上視野不好、缺乏安全指示的情況下，遊客長時間曝露在寒冷的環境中，體力不支或暈倒，甚至不慎掉落山崖，引發致命意外。我的團友們，便是這場災難中的遇難者。

當領隊宣布吃晚餐時，個個拍掌歡呼，我見到團友們用手背拍手，想起一個叫做《逆拍手》的日本都市傳說。

傳說中，一對情侶開車前往靈異景點時吵架，男生在一氣之下，把女友丟下車後離去。他冷靜後折返，發現她仍站在原地。二人和好後，繼續駕車前行，剛好遇見有人在路邊，用反手來揮手。

女生提議讓那人上車。男生拒絕，說做相反動作代表異常，那人可能不是人類，而是幽靈。女生稱讚男生聰明，卻同時用手背拍手。

這個傳說讓我意識到團友們在景區遇上意外，當他們走出園區時，已經變成另一個世界的人。除了我和領隊以外，車上僅餘的活人恐怕不多，所以我後悔上車。

人妻與冷氣師傅

我的丈夫在地產界是位聲名顯赫的大人物，辦事快、狠、準，他所負責的收購項目，為集團獲利無數。作為他的妻子，我必須與他一樣保持良好形象。

他常說，那些出現在電視上的公眾人物，只是表面風光而已，大家都看不見他們背地裡做了多少骯髒事。所以，最重要是「包裝」。

丈夫深諳這個道理，對我的形象十分講究。作為全職家庭主婦，我認為自己完美符合他的要求。丈夫因工作關係，書房存放大量機密文件，不准我聘請傭人，亦盡量不讓別人到訪。

我得親自把家務打理得頭頭是道，家裡幾乎一顆塵都沒有，鏡面和玻璃都乾淨得閃閃發亮。特別在丈夫加班或工作繁忙的日子，我總會打掃得格外徹底，尤其是浴室和廚房的排水口。

不然，哪怕只有一點疏忽，都可能帶來麻煩，而且惹丈夫生氣就糟糕了。

我們家的面積不小，能夠讓整個空間時時刻刻都保持整齊清潔，絕對有賴於我嚴謹的日程安排。我會仔細列出每天要做的事項，妥善編排時間並且嚴格執行。

這麼多年來，天天如此，生活才能順利運作，從來不會出錯。

不只客觀環境，我待人接物的態度也是無懈可擊的。有需要時，我還會利用身邊的有錢太太，約她們外出吃下午茶甚麼的，務求讓大家見證，我在何日何時去過五星級飯店或買過名牌包包。

我敢肯定在親友眼中，我是個友善又幸福的少奶奶，對丈夫更是溫柔備至、體貼入微。這樣一來，他便可以放心投入工作，不用擔心其他瑣事。

意外，偏偏發生在讓人始料不及的瞬間。

炎炎夏日，廚房冷氣機竟然出現故障。我得在短時間內把它維修好，不然丈夫又要生氣了。

我早早計劃了今日整天行程，預算好時間，安排冷氣維修師傅於下午四點半到家。如此一來，待他維修完畢，我便可以開始煮飯。

天曉得，我等了差不多一小時才接到師傅的電話，他比原定時間晚了足足一小時，才姍姍來遲地修理冷氣機，嚴重打亂了我整天的行程安排。

他使我大失預算，態度還惡劣得很，一句道歉也沒有。彷彿認為像我這種家庭主婦，時間多得很，反正待在家裡也沒有要事，等他一會兒並不是甚麼大問題。

對此我十分生氣，但還是忍住質問師傅的衝動，專注地叫自己冷靜下來。

始終丈夫要我做一個得體大方的妻子，他不准我在人前做破口大罵的潑婦，以免傳了出去，影響他的名聲。

由師傅踏入家門開始，我便極力控制表情與語氣，表現得溫柔和有禮，絕無任何對師傅不敬或責備等言行。

所以，我根本想不明白，為甚麼師傅匆匆完成工作，離開時更露出驚恐的神色呢？

難題魅解

令冷氣師傅驚慌的原因是甚麼？

揭詭見魅

我與丈夫的關係並不對等，我很怕丈夫不高興，特別怕滿足不到丈夫要我持家有道的要求。

我原本日程是：師傅來維修冷氣機。我等師傅完成工作後離開，開始煮飯，讓丈夫下班回家可以立刻吃飯。

偏偏師傅遲到，導致我要趕時間，在師傅於廚房時煮飯。

師傅怕得急急離開的原因是，他目擊了我煮飯的過程。那麼，我究竟煮甚麼？

丈夫是地產界知名人士，他負責的收購項目，之所以能如此快就完成，是因為他背後做了很多骯髒事，才能清除那些不肯搬遷的居民或死命不肯合作的人。

我與丈夫可謂夫婦同心，那些不為人知的骯髒事——清除障礙，一直都交由我負責。不是我自誇，我的確擅長如何清理垃圾。

所以，家裡除了所謂的「機密文件」，還有很多罪證。為免被人發現，即使我們生活富裕，也從不聘請傭人，凡事親力親為。

我殺人十分小心，多得有嚴謹和精準日程安排，我從未被人抓到。有時甚至約朋友外出，以製造不在場證明。

維修冷氣機當天，要不是師傅打亂行程，我把注意力全都放在重新規劃當日安排和控制情緒，也不至於忽略了他的存在，烹調一些他不該看見的食材。

其實嘛，我也只不過用些斬斷和冷藏的骨頭骨尾來煲湯，師傅就算察出不妥，也只是半信半疑，不敢當場揭發。萬一他真的報警，我們家裡所有東西都已經清理得乾乾淨淨了。

揭

魅

THE UNREVEALED

故

66

—

70

農曆七月，切勿玩水

每年一到農曆七月，網上總會流傳大量關於鬼節禁忌的文章。

相傳鬼魂會在水中找替死鬼，所以其中一項鬼節禁忌便是不要去游泳。

幾年前，我和前妻還不是迷信之人，雖不至於刻意破禁，但也不會嚴格遵守。所以那年鬼節期間，見天氣放晴，我們便百無禁忌地照樣出海遊玩。

可惜，前妻正正就在水中遭逢不幸，遇溺而亡，連屍體都無法尋回。痛失親人後，我不得不信邪，自此我一直嚴格遵守各項鬼節禁忌。

我的現任妻子從小在外國長大，每次聽見我提及鬼節禁忌，總會取笑我過分迷信。我與現任妻子結婚五年，她趁著結婚五週年，要去馬爾代夫度假慶祝。

偏偏又在農曆七月期間，我苦苦勸阻，她卻無視我，還有點生氣，畢竟我的前妻已經離世多年，我該放下了。

我奈何不了她的執拗，最終無奈同意這趟旅程。我猜，只要我不下水就沒事了吧。

妻子自然不理我，難得來到馬爾代夫，怎麼可能不游泳？我坐在一旁，看著她在水中暢泳，一刻都不敢移開雙眼，慎防她遇到意外。

冷不防，果然出事了！

她的雙腿突然抽筋，整個身體往下沉，情況相當危急。

不行，我不可以讓她有事！

我顧不上甚麼禁忌了，連忙跳進水裡救人。我在水中將她抬起，讓她的呼吸回復通順。

見她的情緒恢復冷靜，能夠自行游泳，我禁不住責怪她：「都說不要在鬼節下水，你差點出事了！」

「行了，現在不是沒事了嗎！」妻子十分生氣，撇下我頭也不回地游向岸邊。

我跟在她後面，不想多說，以免又吵架。在回程途中，輪到我被水草絆倒，我潛下去鬆開水草一刻⋯⋯

「轟──！！！」

剛才妻子差點遇溺，引來救生員駕駛快艇前來救人，他在我潛下去解開水草當刻，正正在我的頭頂極速輾過！

要不是我剛好低頭，現在已經爆頭身亡了。

回港後，我與妻子辦理離婚手續。

而前妻的遺體亦終於沖上海灘。

難題魅解

為甚麼前妻的遺體沖上海灘？

揭詭見魅

既然是慶祝結婚週年，理應以兩個人開心舒服為目的。然而，現任妻子明知我曾遭遇水上意外，更因此失去了前妻，造成心理陰影。現任妻子卻完全不顧我的感受，不但沒有好好開解，反而無視我的苦苦勸阻，硬是要去馬爾代夫。

這一點意味著現任妻子有古怪，對我立心不良。

至於前妻，她的死因不是重點。重點是，她在死後知道現任妻子立心不良，對我並不忠誠，擔心我的安危，一直存有心結，死後留戀人間保護我，導致她的屍體一直沒出現。

直到今年，現任妻子總算出手了。

她先是假裝抽筋，騙我下水，然後早已與她合謀的救生員現身，企圖用快艇撞擊並殺害我，以意外來掩飾謀殺案。

幸好，前妻一直在我身邊保護，她洞悉現任妻子與救生員的陰謀，在千鈞一發之際，以水草絆住我。

水草絆住我，卻不取命，說明前妻是為了救我而非害我，我也剛好在這個瞬間低頭，成功避過撞擊。

死裡逃生，我看破現任妻子種種不自然舉動，便與她離婚。

得知現任妻子這名危險人物離開我，我解除了危機，前妻總算了結塵世事，能夠安心離開人間。她的屍體出現，揭示她真正放下，投胎去了。

我愛上每天監視的女生

我不是英雄，我只是普通打工仔，只是窮得連今個月的屋租都快繳付不到的男生。

——自從我在這裡任職保安的第一天起，我不停如此說服自己。

最近市道差，我剛大學畢業，經歷過無數面試失敗，早已放下一級榮譽畢業生的身份，接受了保安這份工作。

老實說，對於工作面試，我害怕極了。我試過幾次在面試時，要與不同公司高層會面，被他們諸多刁難。他們並不是循例地問我有甚麼優缺點之類的正常問題，而是拿著我的學歷和工作經驗來數落我。

我被奚落得幾乎一文不值，才意識到他們根本不打算聘用我，純粹想找人出出氣。

所以應徵這份工作時，我認為同事們的相處似乎蠻融洽。

上司是位頭髮花白的叔叔，比起我的能力，更在乎待人接物的方式和價值觀，提出幾條處境題，詢問我的看法或做法。人事部姨姨一臉和氣，令我想起我住的屋邨隨處可見的大嬸。

不過說實話，我這是在自欺欺人。我遇到這兩位員工確實和藹可親，然而，整個面試過程和他們所說的話，都讓我察覺到這份保安工作有古怪。

雖然薪金不高，但不用巡樓，工作內容十分輕鬆，於是我接受工作，打算騎牛找馬。

我的職位在名義上是大廈保安，但實際上是公司保安，只需駐守在工廠大廈其中一層的保安室，觀察各個監控鏡頭則可。

公司佔地共有三層，實際只使用中間那層，面積很廣，劃分出多間房間，每間房之間似乎隔了很厚的牆和門。上層與下層幾乎沒有在用，卻有著重要作用：幫助隔音。

對的，這間公司從事不見光的業務，各個隔音的小房間專門用來禁錮。我所看到的監控畫面就是房裡的情況，負責監視被關著的人有沒有奇怪舉動，確保她們無法逃出。

同事從沒有告訴我公司的業務性質、關人的目的和獲利的途徑等等。但是，我看了幾天監視畫面，大概理出了頭緒。

被關的人，全部都是女性，年齡由少女到中年都有，共通點是她們都長得十分漂亮。她們被抓來，獨自一人關在房間裡，每天有人提供食物和水。

起初我以為這裡是人口販賣所，那些女生是貨物，等待買家帶走。但是，當第一位客人進入房間，我就意識到不是。其實我不確定他是否客人，畢竟我只見到房內情況，不確定他在房外是否付過錢之類。

那間房關住的女生，年紀跟我差不多，柔順長髮，身形纖瘦，鵝蛋形臉蛋。她在昨日被抓進來，不吵不鬧，即使處境狼狽，舉首投足卻流露著優雅與溫柔。

其他女生在這裡待了很久，顯得病懨懨，唯獨長髮女生例外，特別精神又富有活力，我觀察她的時間比其他女生長。

那位客人進房間沒多久，忽然對長髮女生拳打腳踢，看來要把滿腔憤怒都發泄在她身上。監控畫面只有畫沒有聲，但已足夠讓我見到，即使長髮女生苦苦哀求，客人仍然無動於衷，不斷把她往死裡打。

打到累時，這名粗暴男客人會停下來，指著長髮女生的鼻尖，破口大罵些甚麼。他的眼神倒是充滿無奈與忿恨，弄得他才是那個受委屈的人似的。

面對他的指責，長髮女生不敢反駁，只能瑟縮一角任由他發瘋。

一息間，客人的臉，與以前奚落過我的面試官重疊在一起。他們同樣有暴力傾向，想找人出氣，面試官採用言語暴力，客人則同時採用言語與肢體暴力。

公司販賣的服務，是提供發泄對象，供客人任意施暴。公司與客人似乎達成某種共識或約束，客人只可以辱罵和虐打，不可作其他身體接觸，傷害點到即止，長髮女生才保得住性命。

其他房間也發生類似情況。我連續目擊幾宗交易過程，進一步了解公司的運作模式。

客人們都是面容憔悴，衣著打扮不像甚麼有錢人，卻仍能不時光顧。我不認為這是因為這裡的收費不高，而是因為他們刻意換上不起眼的衣服，為免在出入時被其他人認出。

他們只會進入指定一間房間，對特定女生出手，並不會虐打其他女生。

待客人發泄完畢，離開房間後，公司會安排醫生進入房間，替女生們的傷口消毒與包紮。

奇怪的是，醫生明明跟我一樣，理應只是員工，與她們並沒有私怨，不，面對這些楚楚可憐的女生，至少感到同情吧？然而，醫生的神色卻充滿厭惡，處理傷口的手勢也相當粗魯。

女生們像是做錯事般，不敢挑釁醫生，默默忍受他的「救治」。

除了醫生，其他同事也有點奇怪。上司曾經歷過破產和妻離子散，不時對我說些人生大道理。雖然我聽不入耳，但知道他是真心為我好的。

人事部姨姨說我跟她已過身的兒子長得很相似，同樣都是瘦得像營養不良般，所以時常多備一份湯水給我。

他們對我極好，甚至超出了同事之間該有的好。然而，當他們接觸女生們時，卻像換了個人似的，變得兇神惡煞。大概在這種環境待得久，人才會變得古怪吧？

每位女生「服務」一至三位客人，雖然有基本醫治，但在長期暴力與精神虐待下，她們不是絕食，就是虛弱致死。

客人在她們離世後，就停止光顧，沒再來這裡。看來，他們只鍾情於特定女生。別人不知，還以為那些女生欠了他們甚麼，才讓他們如此執著和「專一」地虐打。

隨著一次又一次毒打，長髮女生變得消瘦。我見證著她的生命逐漸消逝，同時產生一種不該有的情愫。這種情愫在我體內與日增長，激發起勇氣和保護她的決心。

當我意識到時，已經一發不可收拾。我密謀多日，終於遇到最佳時機，偷偷溜進長髮女生的房間，替她解鎖並把她救出大廈。

「你是誰？想帶我去哪裡？」長髮女生滿身顫抖，腳步不穩。

經歷過種種驚人折磨，她不再相信任何人，以為我也是客人之一，打算把她帶到私人住處繼續虐待，抗拒著不肯上我的車。

我柔聲道：「你誤會了，我是公司保安，一直觀察你的遭遇，決定違反僱佣協議來拯救你。」

她淒美的神色愣了一愣，澀澀苦笑道：「原來你是好人，謝謝你把我救出來。」

我催促道：「來，我們盡快去警局，不然他們發現你不見就糟了。」

聽見「警局」二字，她的臉色頓時劇變，笑意盡失：「我不去警局。」

語音一落，她搶走我身上的保安伸縮棍，狠狠痛擊我，把我推下車，然後搶走我的車，揚長而去。

我想了想，步回公司。

難題魅解

我為甚麼回去公司？

揭詭見魅

長髮女生明明是受害者，卻不肯去警局，是因為她與公司抓來的其他女生一樣，全都不是無辜。她們都是十惡不赦，是罪惡之中最黑暗的存在。

她們並非單純的受害者，曾經也是加害者。

她們要不替詐騙集團工作，要不是殺手，全部都犯下殺人罪，只是直接或間接殺人的分別。

例如長髮女生，利用漂亮的外表騙取和勒索男人金錢，務求把他們整副身家搾乾以據為己有。她害幾個男人妻離子散，身敗名裂。

又例如人事部姨姨，她的兒子是詐騙集團的受害人。他遇到某個女生，受甜言蜜語哄騙，不斷向財務公司借錢，最終無力償還而自殺。

嚴格來説這裡不算公司，而是由一班受害者或其親屬組成的聯盟，宗旨是找出這班沒有得到法律制裁的加害者，用以暴制暴的方式懲罰她們。

他們有些在組織工作，例如上司與人事部姨姨，有些純粹付款支持組織，換來可以向加害者報仇的機會。

這個組織打著正義旗號，堅持以牙還牙，強調自己並非享受虐待，定下規矩，例如不可取命或做得過火，只能對仇人拳打腳踢。說到底，他們濫用暴力，找人出氣，同樣也在犯罪。

隨著加害者和受害者人數上升，組織需要增聘人手。

上司在面試時測試我的想法，是為了預測當我發現真相後，會支持公司，繼續擔任職務，抑或反對公司，甚至勇敢站出來對抗。

公司一開始不告訴我實情，有兩個原因。

一、由於我是基層員工，不可知得太多，尤其他們自知是非法組織；

二、組織成員或客人都需要絕對保密，如果我知得太多，有機會順藤摸瓜地查出他們身份，成為更大威脅。

當然，我一開始不知道這麼多內情。反而是長髮女生，她完全沒有受害者和獲救該有的表現，才讓我察出不妥。

雖然我有份監視她，但最終是我救出她，好歹將功補過，她卻毆打我。

聽見我説報警，她不但沒有得救的鬆懈神色，反而面色劇變。還有，她明知我出賣組織的下場會很慘，仍然搶走我的逃生車，讓我錯失逃走的最佳時機。

以上種種不尋常的表現，讓我意識到事情並不簡單，我有可能把加害者看錯成受害者。

那時，我不知道長髮女生的真正身份，決定回去組織自省，弄清楚真相。

黑色毛衣

這件黑色毛衣，滿載了兩個人的回憶。

我沒想過，由妻子編織毛衣的第一日起，便已經計劃好一切。

我們去台灣旅行，當晚參觀完花蓮的七星潭便駕車離開。我從正駕駛座挪到副駕駛，由妻子負責開車。

她的駕駛技術從沒長進，頻繁地加速和減速，導致行車不穩定。開車沒多久，我們便被交通警截停。

她倒是泰然自若，慢慢把車靠邊停好。

交通警下車，來到車窗，打量我們二人。這個交通警，一看就知道他肯定是那種喋喋不休又好管閒事的中年男人。

他命令道：「請你們出示證件。」

「這是我的，這是我丈夫的。」她拿出我們的護照交給他。

交通警細心檢查護照，確定我們不是本地人，明白妻子開車不穩是因為不熟悉山路。他的態度頓時一改，好奇問：「原來是香港遊客啊，來這裡做甚麼？」

「到海邊，當然是為了浪漫地觀星。」妻子困惑地看著警察，難道他不知道七星潭是著名景點？遊客來這裡自然是為了觀光。

交通警點點頭表示理解，又問：「觀完星還不回市中心？這可是上山的方向，山頂甚麼也沒有的。」

「山上不是有間夜景餐廳嗎？」妻子問。花蓮的夜景很美，有不少欣賞夜景的絕佳景點。

交通警想了想：「倒閉了，現在甚麼也沒有。你們趕快回飯店吧，山上夜裡很涼的。」

他倒沒說錯，山上氣溫起碼比山下低幾度。況且我們一路過來也沒有遇上其他車，這裡僻靜得很，山頂恐怕更荒涼。

「好吧，我們回市中心。」妻子只好悻悻然道。

在她臨關上車窗前，交通警瞥了一眼我身上的黑色毛衣，帶著關懷的眼神，苦口婆心道：「看你們都不年輕了，怎麼還像個小孩一樣，沒帶換洗衣服還要下水玩。」

難題魅解

我們接下來會去哪裡？

妻子與我去台灣旅行，就是為了殺死我。

行兇地點是七星潭，我身負重傷又被下藥，只能坐著無法動彈，妻子與我交換位置，由她負責開車。

選擇夜晚觀光不是為了觀星，而是看中這裡夜裡人少。

按照計劃，她本來會把我帶上山頂埋屍。可是，正正因為人少，交通警覺得可疑而截停我們，並不是因為妻子駕駛技術不濟。

交通警得知我們是遊客，誤以為我們不熟路，馬上放下戒心。

山路照明不足，加上我身上穿了黑色毛衣，交通警只能見到我身上濕漉漉，又知道我們剛離開海邊，誤把我流出的血液當成海水。

妻子的計劃遭受警察破壞，不能再上山，接下來在半山尋找另一個隱閉地方，把我埋了。

詭異飯店

我好像入住了一間……很詭異的飯店。我和丈夫下午取房、進入客房時，一切明明都好端端。

直到吃過飯店的晚餐自助餐後，我們外出散步，回來飯店大概晚上九點三十分。

「咦，打不開房門？」丈夫重複將鑰匙卡放在門上感應器，幾次都閃爍紅燈，扭動門把亦推不開。

客房匙卡一共兩張，一張我們留在房裡，只帶了另一張在身上。

我好奇問：「白天匙卡不是操作正常、開得到門嗎？」

丈夫皺眉：「或許操作正常那張卡現在在房裡，我們手上這張本來就壞掉吧。」

於是，我們只好下樓去前台更換房卡。基於安全理由，前台員工需要我們提供房客資料，以防外人假裝自己是客人以騙取房卡。

這程序本來很理所當然，我卻覺得員工看我們的眼神很古怪，好像有點……害怕和欲言又止？

總之，我們取得匙卡重新上去客房樓層。踏出升降機時，奇怪的事發生了，一名員工伏在我們房附近一間房門前，像要窺探甚麼把雙眼湊上去！

那位置，剛好就是防盜眼！怎麼可能，從門外怎麼可能透過防盜眼看見房裡面呢？

我悄悄問：「他做甚麼啊？」

丈夫不以為意：「我沒記錯，那間應該是職員專用室，他大概在工作吧。」

那名員工注意到我們，沒露出慌張神色，十分自然地朝我們點頭並向升降機走來。丈夫領著我起步回房，與員工擦肩時，員工再次向我們點頭。

員工表現得無懈可擊，完全不像做了虧心事，剛才難道是我多心了嗎？

當我們經過員工窺探的那間房時，我卻發現那才不是甚麼職員專用室，那是一間客房！

我嚇了一跳，同時又有點慶幸那不是我們的房間：「他偷看別人的客房啊！」

「別多管閒事了，進房吧。」丈夫逕直去開我們房門，準備回房。

我想起這家飯店的防盜眼，不是傳統那種，而是智能防盜眼──房外裝有拍攝鏡頭，連接房內的顯示屏，讓身在房裡的客人透過顯示屏看外面。我在猜……

「慢著，」我按住丈夫不讓他推門，繼續站在房外，湊近去看防盜眼的拍攝鏡頭：「我想試試從房外，是否真的可以看到裡面……」

按常理固然是無法從拍攝鏡頭看見任何東西，然而，當我的眼睛湊去那個小小的圓孔鏡頭時……

天啊，我居然看到房裡面！

由於房裡匙卡插在電源槽，我們沒關燈就下樓，所以我現在能夠清清楚楚看到房裡情況。

我說：「白天我在房裡打開顯示屏，上面明明顯示『低電量』就馬上關機啊！」

難道顯示屏只是個幌子，讓客人以為防盜眼沒在運作就忽視它。實際上，它是個逆向防盜眼，好讓員工在房外監察客人？

未免太詭異了！我突然想到，要是匙卡沒壞，我們順利進房，豈不是不會遇上奇怪員工，更不知道自己正被監視？

丈夫總算生氣了，帶著我氣沖沖下去前台質問員工，為甚麼要監視客人，不把私隱權放在眼內。像我們這種夫妻檔客人，要是進行甚麼閨房之樂，豈不是讓他們看個夠？

前台員工當然矢口否認，大堂經理和保安還陪同我們再次上樓，回到客房門前當面對質。

可是，這時拍攝鏡頭竟然回復正常，看不見房裡了。糟糕，他們一定趁我們在下面大吵大鬧時，偷偷派人上來換掉！

無憑無據，我們又沒拍下任何「罪證」，經理還用看精神病患者的目光看我們，婉轉道：「小姐，可能是電量問題引起妳的不安，待會我命人上來替妳換新的電池吧。」

丈夫說：「不用了，我們不住了，立刻退房！」再待下去，哪知道我們能不能活得過今晚啊！

經理怔怔，馬上又堆起客套笑容：「好的沒問題，那請妳慢慢收拾個人物品，再下來辦理退房手續，隨時就可以走了。」說了幾句門面話，他們就下樓了。

我和丈夫一邊收拾，一邊想著如何呼籲網民小心這裡，沒過多久就下樓了。

前台員工替我結算費用後問：「小姐，一晚單人房和一位晚餐自助餐，合共八百二十二元。請問妳想付現金還是信用卡？」

難題魅解

飯店員工為甚麼監視住客？

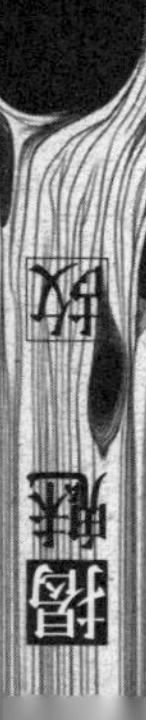

飯店員工其實並沒有監視住客。而丈夫是我妄想出來的人，他並不存在於現實世界。

當丈夫對經理說要退房，經理回答時用了「**妳**」，而不是一般對客人所用的「您」。就算只對我們其中一人說，也應該用「**你**」，因為經理那時理應正跟丈夫對話。

在丈夫說明我們的關係是夫妻後，經理和員工繼續以「小姐」稱呼我而不是「**太太**」，這一切意味著飯店員工只見到我一人。

在我更換匙卡時，由於需要核對住客身份和資料，我便會提及丈夫了。這就是前台員工對我的態度是「**害怕和欲言又止**」的原因。

那麼，甚麼古怪員工、逆向防盜眼，從頭到尾都是我妄想出來。

雖然就算有妄想症，我看到的也不一定全部都是妄想，但是換個角度，若然員工想監視住客，在房內安裝針孔攝影機就好了。畢竟，光明正大地站在店門外偷看，被抓包的機會大得多。

揭詭見魅

嚴格的職場衣著規則

在國際大公司上班的好處，除了人工高、福利好，最重要是我們從來不用加班。

在這裡工作的員工，來自不同國家，人人都擁有高學歷、專業知識和豐富工作經驗，我每天都與這些聰明人接觸，連帶感受到自己的智商都有所提升。

起初上班，我唯一覺得不習慣的，是衣著打扮。衣著算是職場禮儀其中一環，公司位於中環，又是知名大機構，不時有尊貴客戶甚至高官來訪，公司高層對我們有嚴格的職場衣著規則。

所謂的嚴格，是仔細到連衣袖袖口的扣子也要牢固扣上的程度。

公司如此要求，當然有其他作用，用以證明給客人看，公司形象不是隨口亂掰的，員工不管衣著和工作態度，同樣一絲不苟和專業，絕對值得信賴。

也對啦，能夠在這裡上班的員工，必定經過千挑萬選，是精英中的精英。職場衣著帶給別人很重要的第一印象，直接反映出員工尊重場合和身份，表現專業而得體，隨意打扮不僅對不起客人，更對不起自己。

倒是髮色之類，公司並沒特定要求。畢竟是跨國公司，有不同國籍的員工，有金髮又有紅髮，高層不會限制大家必須統一髮色。

我每隔幾個月就把整頭長髮漂染一些大膽顏色，像是粉紅色或淺金色，上司不會多說甚麼，任由我按照自己的喜好去做。

每逢週五，公司都會定為休閒星期五，意思是一個星期只有那天，我們可以自由決定衣著。不一定得穿嚴肅的西裝套裝，可以改穿休閒和輕鬆的衣服上班。

然而，這才是最困難的挑戰。

休閒不等於邋遢和不修邊幅，每個同事都不是隨意套上衣服就出門，而是精心搭配過，穿著整齊而具有造型感。即使是休閒便服，也保持適度的莊重與專業。

我在這裡剛任職時，也摸索了好一段日子才掌握到當中的竅門。現在不管是哪天，都懂得打扮得恰到好處了。

不幸偏偏在意想不到的日子降臨。

家中養的老狗昨日離世了，我極度傷心，哭了一整晚，失眠導致我今天的精神很差。

本來打算告假，可是今早有個非常重要的會議，公司多名董事與高層都會出席，我是會議主持者，唯有壓抑著情緒回到公司上班。

這個冗長的會議，進行到下午才結束。我再多捱兩、三個小時，直到下班時間，才準時離開公司。

儘管我今日的狀態極差，精神萎靡，意志消沉，難以集中注意力，我還是分得出今天是星期二，並不是休閒星期五，不可以隨意穿戴上班。

我穿得十分正式，卻忽略了一個小小細節，沒有檢查衣服的袖口和領口，回到家中才想起我在公司工作期間，袖口是鬆垮垮的。

糟糕，我犯規了！

若然讓公司知道，我一定沒有好下場。

幾天後，我果然被殺了。

也對，公司內部多處都安裝了監控鏡頭，又豈會不知道我犯規了呢？

難題魅解

這間跨國公司從事甚麼業務？

揭詭見魅

我在一個國際級科研公司上班，專門研究各種藥物對付不同病毒的治療、抑制繁殖或抗病毒的成效。

文中提及嚴格的衣著規定，是為了公司形象，這只是「**其他作用**」。最主要的原因是為了實驗室安全。

我作為實驗室工作人員，經常接觸化學或生物物質。尤其最近，我要接觸高傳染性的呼吸道病原體，這些病毒會依附人體皮膚，甚至通過微小傷口入侵人體。

我在進入實驗室前，必須穿戴防護裝備，以保護自己免受污染。

是否需要全身防護，視乎不同任務。防護衣、手套、口罩和護目鏡是基本的，為了確保我們不受一點危害，公司要求嚴格，連防護衣上每個扣子都必須嚴密扣上。

這些衣著規定只限於實驗室，公司裡其他區域則沒明文規定，無論是一星期的哪天，員工都可以隨意打扮，不過大家都習慣穿西裝。

唯獨星期五，公司指定是休閒衣著，同事上班可以穿得休閒一些，但進入實驗室還是要換上防護衣。

我在寵物離世後一天上班，心不在焉地進入實驗室，沒正確穿好防護衣，導致病毒感染。所謂「**被殺了**」，是指我被病毒殺死，而不是公司派人殺我。

實驗室有監控鏡頭，公司在我死後便會查出感染途徑和死因。

《揭魅故》全書完

揭魅

後記

當你翻到這一頁，想必已經完成一場場或心寒、或詭異、或甜蜜窩心（？）的探索了。

那麼，我們來說說「結束以後」吧。對啊，別以為我這樣就會放過你。

當你放下這本書，回到日常生活時，說不定在某個意想不到的瞬間，想起書中某個細節，然後像按了個開關鍵一樣，突然想到故事的全新解讀。

這種靈機一觸的感覺，除了在看書時體驗到，你日後也許能久不久回味。

我在創作的過程中，不時也有這樣靈光一閃的剎那。當我把這些閃閃發亮的碎片上傳至 IG 後，最期待就是看大家的留言。

有人會像偵探一樣問問題，試圖收集正確的碎片；有人「留名」等答案；還有心思敏銳的，一下子就猜中正解。每當讀者告訴我，他們被故事震撼時，我都覺得自己的創作有了意義。無論是哪一種反應，你們五花八門的想法，每每都能讓我感到驚喜。

在這本作品面世後，希望也能收到你們的反饋。這是我首次出版個人短篇故事合集，不曉得大家覺得如何呢？謎題會否太刁鑽，抑或太容易？還是說，你認為世上根本沒有這麼多思想扭曲的人？

這本書在校對階段時，對我來說，既是折磨，也是享受。記得編輯曾多次提醒我，說我給予的提示太隱晦，思想太跳躍，可能令讀者無從推敲。

對的，設計詭計固然難，但取得平衡對我來說更難。我不時卡在思考，如何將線索巧妙地隱藏起來，既不能太明顯，又不能讓讀者完全摸不著頭腦，於是不斷改寫，才有了如今的模樣。

說到享受，自然就是想像大家在閱讀時，眉頭深鎖、屏息凝神，然後在看到謎底時恍然大悟，或者默默關掉冷氣的模樣。當然，會選擇拿起這本書的你，腦袋肯定十分靈光，也許已經「見慣世面」。

我想像過，有人會覺得謎題太直白簡單、情節太輕鬆日常，甚至像在描寫自己內心深處的秘密。如果真是這樣，那麼你第一時間要做的，或許不是急著把這本書丟進垃圾桶，而是認真想想，為甚麼你會對某些情節感到熟悉呢？不過別擔心，我早說過了，這本書內容純屬虛構（好像是）。

相較本作裡面的詭計，我始終認為，人心才是世上最複雜的謎題。

即使我們自以為很了解自己，但在某些極端的情況下，也許會突然覺得自己很陌生。這也是為甚麼一些心寒短篇故事和揭尾故，能夠讓人深陷其中吧。

這些故事並非單純為了嚇人，而是用以呈現人類在日常情況以外的不同面貌。它們可能讓人感到新奇有趣，可能引起不安或抗拒，也可能讓人產生莫名的熟悉感。

《揭魅故》中的「魅」，除了如序所說，是追尋真相的過程和揭開真相後的感受，還帶出人性中那種既吸引又危險的複雜特質。

書中出現不少傷害、禁錮或殺戮等情節，這些暴力行為的背後原因，並不一定全然出於惡意。有時，善意也有可能帶來意想不到的危險。

例如，本該美好的愛情，當超越了界線，愛得太深、太狂熱時，可能就會變質和扭曲，變成控制與佔有，最終走向毀滅。

友情和親情亦然，當它們放大到極端的程度，也許令彼此無法呼吸，成為一種沉重的束縛。

當然，善意本身是無害的。本作把它推到極致，並非叫大家不要去愛，而是強調它的界線與平衡。

這也是人性的複雜之處，某些情況下，善意與惡意之間並沒有明顯的分界，不一定非黑即白。我們只要時刻注意，善意和情感會否過於耀眼，以至於超越了自己和對方的承受範圍。

不過嘛，大多數作者都需要讀者的愛，我也不例外，而且這份愛愈沉重愈好。大家記得買齊我所有著作，並把這份愛宣揚出去吧！

感謝每一位願意翻開這本書的你，有了你的參與，這些猜謎遊戲才能變得完整。特別感謝那些曾在我的 IG 留言、Inbox 我讀後感的讀者，你們的討論和支持，成為我寫作過程中最大的動力。

這是我第一次嘗試個人短篇故事合集，但我相信這不會是最後一次。其實，還有很多靈感和構思未能在這本書中呈現，也許未來的某一天，會有更多的故事與你們見面。

揭魅

THE UNREVEALED

故

作者 橘子綠茶

責任編輯 陳婉婷
美術設計 陳希頤

出版 點子出版
地址 荃灣海盛路 11 號One MidTown 13 樓20 室
查詢 info@idea-publication.com

印刷 海洋印務有限公司
地址 黃竹坑道 40 號貴寶工業大廈 7 樓 A 室
查詢 2819 5112

發行 泛華發行代理有限公司
地址 將軍澳工業邨駿昌街 7 號 2 樓
查詢 gccd@singtaonewscorp.com

出版日期 2025 年 7 月 16 日
國際書碼 978-988-71358-4-5
定價 $118

Printed in Hong Kong

點子出版
IDEA PUBLICATION